象徴のうた

永田和宏

角川新書

新書版刊行によせて

二〇一九年（令和元年）に出版された『象徴のうた』（文藝春秋）が、このたび、角川新書として装いを新たに出版されることになった。うれしく、ありがたいことである。

本書に収められた各項は、まさに平成最後の年、平成三十年一月から翌三十一年三月、元号が令和と変る直前まで、全国三十数紙の地方紙に週一回のペースで連載したものである。共同通信社から依頼された連載の趣旨は、平成の天皇皇后（現上皇上皇后）両陛下の歌を丹念に辿《たど》ることによって、平成という時代がどんな時代であったかを読み解けないものか、というものであった。大きなテーマであり、まだ誰も挑んだことのない試みである。果たしてできるものかと躊躇《ちゅうちょ》するところは大きかったのだが、それゆえ魅力的なチャレンジでもあった。

そのように始まった連載であったが、全六十三回にわたる連載を終えて、私には当初考えていた以上に大きく、そしてくっきりとした視界が開けたという実感があった。

連載をしつつ、私が常に念頭においていたところのものは、天皇皇后両陛下が〈象徴〉ということをどのように捉《とら》えようとしておられたかという点であった。本書にも重ねて書いているように、平成の天皇は、初めて「象徴としての天皇」に即位した天皇である。昭和天皇は、終戦後、途中から象徴天皇と呼ばれるようになった存在であり、その意味で、最初から〈象徴〉という存在を引き受けなければならなかった平成の天皇とは決定的にその立場が違っていた。

しかも、何が〈象徴〉であるのか、〈象徴〉として存在するとはどういうことなのかは、どこにも規定されていないのである。詳しくは、「〈象徴〉とは何であったか――〈象徴〉像確立までの軌跡」に書いている総括的な文章をお読みいただきたいが、誰も知らない〈象徴〉という存在を引き受け、どうすれば〈象徴〉たり得るのかを試行錯誤しつつ実践してこられたのが、平成の天皇の三〇年という歩みでもあった。

平成三十一年に挙行された御在位三十年記念式典において、自ら「天皇として即位して以来今日《こんにち》まで、日々国の安寧と人々の幸せを祈り、象徴としていかにあるべきかを考えつつ過ごしてきました。しかし憲法で定められた象徴としての天皇像を模索する道は果てしなく遠く」と述べておられるように、何ら定義も規範も前例もない〈象徴〉という役割の模索は、私たちには計り知れない苦悩と努力を強いたものであったに違いない。

しかし、連載の回を重ね、天皇皇后両陛下のその時々の歌を読み進めるなかで、私には、初めは文字通り模索から始まった〈象徴〉への道が、徐々にくっきりした形を見せるようになり、それがお二人の確信に変わっていくまでの過程を、すぐそばで見せていただいているようなリアルさで感じることができるようになったと、正直に述べておきたい。

平成の天皇皇后両陛下が、国民とできるだけ近く接しようと努力した日々のなかで、どのような〈象徴〉像を確立してゆかれたかを、ここで先回りして述べるのは控えておいたほうがいいだろう。本書をお読みいただくなかで、読者一人一人が自ずから感じ取っていただけるはずである。

ミッチーブームという言葉とともに、急激に皇室と国民との距離が近くなった時代から、「皇太子ご一家」「天皇ご一家」という新しい呼び方とともに、皇室は国民とともに歩き、時代を渡る存在となっていった。国民それぞれの家庭と同じような家族があり、夫婦の思いやりがあり、子や孫とある喜びがある。時には、自分たちと同じだと親しみを覚え、共感することもあっただろう。そんな当然のあり方さえ、平成の両陛下によって初めて確立された新しい皇室像であったことは、もう一度確認しておきたいところである。

新書化されるにあたって、本書をもう一度読み返しつつ、両陛下をはじめとする皇室の方々の歩みが、そのまま時代とともにあったことを改めて実感することにもなった。両陛下の歌を読み返し、その歩みを辿ることによって、平成という時代がどのようなものであったのかを明らかにしたいとする当初の目的は、かなりの部分達成できたのではないかと、私自身はひそかに思っている。

私は、平成の半ばから歌会始詠進歌選者として、選歌を行ない、歌会始に出席するという活動を長く続けてきた。しかし、本書『象徴のうた』を書く著者としては、できるだけニュートラルに歌を読み、時々の皇室の方々の行動や発言をバイアスをかけないで見ようとしてきたとは言っておきたい。言い換えれば、もちろん言葉としての敬語は使うとしても、なにがなんでも皇室尊しといった視線を、できるだけ排除しながら書きたいと思ってきたのである。

そのうえで、しかし、特に両陛下の行動を歌を通じてつぶさに辿りながら、まさに平成の両陛下は、何にもまして困難な〈象徴〉という存在を、身をもって体現してこられたという実感を持つことができたように思う。書き終えたいま、そのことを個人的になによりうれしく思うのである。

各章は時代を辿る形で配置しているが、できれば平成の時代を辿り直す気持ちで最初からお読みいただき、そのうえで、「〈象徴〉とは何であったか――〈象徴〉像確立までの軌跡」にまとめめた、総論的な文章をお読みいただけると、著者としてはこのうえなくありがたいと思っている。そのうえで、もう一度、平成という時代を振り返り、天皇という存在、天皇制という制度について、それぞれが考える契機としていただければ、著者としてこれにまさる喜びはないと思うのである。

二〇二四年十月

永田和宏

目次

第二章 慰霊の旅のはじまり 69

第三章 病を乗り越える 117

第四章　災害大国の象徴として　153

編集部注　皇室の方々の呼称は基本的に２０１８～19年、共同通信社で配信、連載された当時のものを生かしています。そのため、天皇、皇后は現・上皇、現・上皇后を指します。

第一章

平成への代替わりと象徴の模索

1　平成の大嘗祭

父君のにひなめまつりしのびつつ我がおほにへのまつり行なふ

平成二（一九九〇）年　天皇

天皇にとってもっとも大切な務めと意識されているのが、「祈る」という行為である。われわれ普通の庶民が、都合のいい時にだけ商売繁盛や試験の合格を祈るのとは違い、国の繁栄と国民の幸せのために祈る、常に祈り続ける、これが天皇における「祈り」である。

宮中祭祀《さいし》として年間二十回近くの祭祀があり、天皇自らが潔斎をして、宮中三殿において祈りが捧《ささ》げられている。

なかでももっとも大切な祭祀が「新嘗祭《にいなめさい》」である。十一月二十三日、勤労感謝の日に執り行われる。「天皇陛下が、神嘉殿において新穀を皇祖はじめ神々にお供えになって、神恩を感謝された後、陛下自らもお召し上がりになる祭典」と、宮内庁のホームページには記される。夕方と深夜に各二時間、神嘉殿の床に正座したまま、儀式を執り行うのだという。新嘗祭のうち、天皇に即位して最初に行われるのが、特に大嘗祭《だいじょうさい》と呼ばれるものである。

平成の大嘗祭は、平成二（一九九〇）年十一月二十二日から翌二十三日に行われた。

皇太子として、昭和天皇の年ごとの「にひなめまつり」を間近に見てきて、いよいよ自らがその最初の「おほにへのまつり」を執り行おうとしている。天皇陛下の一首には、そのおのずからなる高揚と覚悟、歴代天皇のやってきた祭祀をまさにいま自らが主宰して行おうとしていることへの畏敬の念などが、こもごもに感じられよう。

この一首には「父君」を偲《しの》びつつ、それをそのまま継いでいくのだという覚悟もまた感じられるだろう。天皇として新嘗祭を継ぐことは、すなわち日本という国の伝統を体現することに他ならない。しかも、それをなし得るのは、この国にたった一人しかいない。

しかし、その伝統を継ぐことは、これまでの天皇とはまったく違った意味を持っていたはずである。それは新憲法、すなわち日本国憲法の下で初めて行われる大嘗祭であったからである。

新憲法の下で初めて即位した天皇が、憲法との整合性の上にどのように大嘗祭を行うのか。これには前例がない。特に憲法の謳《うた》う「政教分離」とどうすり合わせるのか。

政府は「一世に一度の極めて重要な伝統的皇位継承儀式」であることから、大嘗祭には

「公的性格」があり、「皇室の行事」として宮廷費からその費用を支出することが妥当と判断した。

しかし、宗教的儀式に国家や公務員が関わるのは違憲だとしていくつかの訴訟が起こされることになった。最終的には平成十四（二〇〇二）年、最高裁によって、大嘗祭は宗教的儀式ではあるが「日本国及び日本国民統合の象徴である天皇の即位に祝意を表する目的」であり、それに参加することは「公職にある者の社会的儀礼」であるとして合憲の判断が下された。

だが、天皇の伊勢神宮参拝阻止のため、東海道新幹線の沿線に時限爆弾が仕掛けられるなどのテロ活動まで起きるという時代であった。幸い事なきを得たが、社会における皇室の受け止め方はなお混沌《こんとん》としていたことがわかる。

はるか後、平成十九（二〇〇七）年の記者会見で「今まで直面した最も厳しい挑戦や期待」について問われた天皇は「振り返ると、即位の時期が最も厳しい時期であったかと思います。日本国憲法の下で行われた初めての即位にかかわる諸行事で、様々な議論が行われました」と淡々と述べられたが、大嘗祭を巡るさまざまの議論と社会の動揺は長く平成の天皇の頭を離れなかったものであったのかもしれない。

2　新しい天皇皇后の姿

人々の年月《としつき》かけて作り来《こ》しなりはひの地に灰厚く積む

平成三（一九九一）年　天皇

昭和六十四（一九八九）年一月七日に昭和天皇が亡くなると、皇太子明仁《あきひと》親王が即位、翌日元号が平成となった。喪の期間を経て、即位礼が執り行われたのは、翌年十一月十二日であった。そのわずか五日後、十七日に長崎県、雲仙普賢岳《うんぜんふげんだけ》がほぼ二百年ぶりという大噴火をひき起こした。

振り返ってみれば、平成という時代は、まことに多くの自然災害に見舞われた時代であったが、その最初が雲仙普賢岳の噴火だった。平成三（一九九一）年六月三日に普賢岳で大火砕流が発生。以降、数年にわたって火砕流、土石流がつづき、死者・行方不明者四十四人、二千五百棟にものぼる建物の被害が出た。火砕流という言葉を多くの国民が知ることになる噴火であったが、灰色とも茶色とも形容しがたい、巨大な生き物のような火砕流が猛烈な勢いで山を奔《はし》り降りる姿が、我々に大きな衝撃を与えたことはなお記憶になまなましい。

この大惨事は、災害の大きさのほかに、まだ噴火活動が続くさなか、天皇皇后両陛下が被災地に直接赴き、被災者を慰め、激励したという点でも、人々の記憶に強く残る出来事となった。

両陛下は、同年七月十日朝、東京をたち、日帰りで島原市、深江町（現・南島原市）などの七カ所の避難所に足を運んだのである。日帰りという強行日程は、被災地の人々に余計な負担をかけないようにという配慮からであったという。

天皇が災害がまだ収束もしていない被災地に直接出向くなどということは、これまでの天皇制の歴史の上で、かつてないことである。特に、島原市の体育館に避難している人々の前に現れた天皇陛下の姿は、誰の目にも深く焼きつけられることになった。それまで着けていた背広の上着とネクタイをはずし、白いワイシャツを腕まくりして被災者の前に現れたのである。無用な緊張感を与えないための配慮である。

天皇がこんなラフな姿で国民の前に現れることは初めてであったが、何より人々の、あるいはテレビの視聴者の目をくぎ付けにしたのは、被災者の座っている前に膝をついて話をする両陛下の姿であった。被災者のほうは畳の上に座っているのに、両陛下が床に直接膝をつ

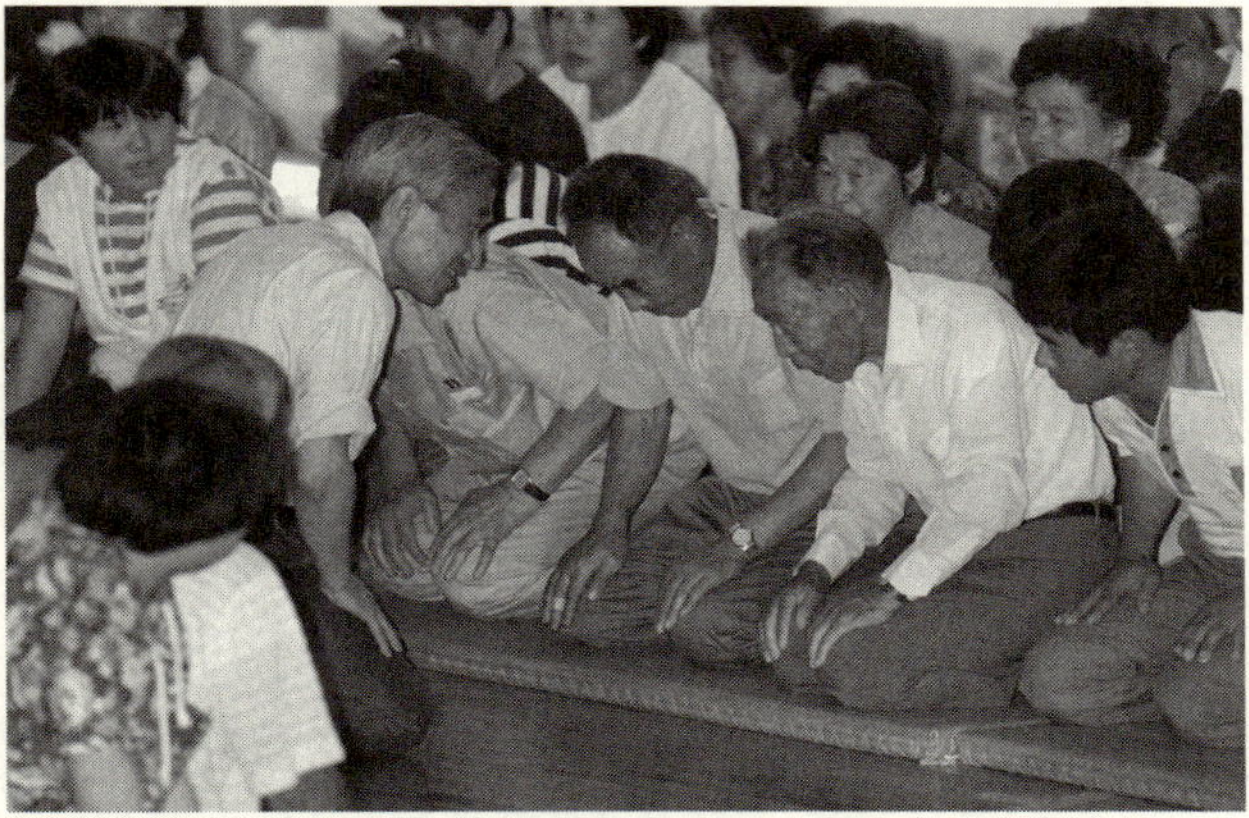
雲仙普賢岳の噴火のため中学校の体育館に避難している住民から被災の様子を聞く天皇。1991 年 7 月。長崎県布津中学校（写真時事）

いて話すのである。

　皇后さまは小学校の一年生とにこやかに話をされた。両陛下の退席の際には、その子が「バイバイ」と大きな声で無邪気に手を振ったのに、思わず皇后さまが振り返ってにっこりされたことで、体育館内にはなごやかな笑いが広がった。

　この被災地訪問は、何より新しい天皇のイメージを決定づけるだけの大きなインパクトを持ったと言えよう。天皇が現地へ赴き、被災者と同じ目線で話す。大切なことは、一方的な激励ではなく、被災者ひとりひとりの声に耳を傾け、その境遇に寄り添うように声をかけられたことである。

　このスタイルはこれ以降も両陛下によって一貫して続けられることになるが、その原点は、くしくも平成という時代の初っぱなにあったのである。

私は本書で、平成の天皇皇后両陛下の歌を中心に、平成という時代はどういう時代であったのかを振り返ろうとしている。なかでも多くの災害における被災者へのお見舞いは、天皇陛下が〈象徴〉という自らの立場をどのように実践していくかという、まことに困難な試行錯誤の大切なピースの一つであった。この問題についてはこれからも何度も立ち戻ることになるだろう。

3　沖縄への強い思い

激しかりし戦場《いくさば》の跡眺むれば平らけき海その果てに見ゆ

平成五（一九九三）年　天皇

平成五年四月、天皇皇后両陛下は、即位後初めて沖縄を訪れた。すでに皇太子時代には美智子さまとともに五度沖縄を訪れていたが、これは、歴代天皇として初めての訪問となった。

まず国立沖縄戦没者墓苑に赴いて拝礼を行ったあと、沖縄平和祈念堂を訪れて、遺族代表ら約百五十人を前に、沖縄戦で二十万もの人々が犠牲になったことに哀悼の意を表している。戦後の遺族の苦労をねぎらうとともに、遺族らひとりひとりに声をかけられたのである。

掲出の一首は、平和祈念堂から摩文仁《まぶに》の丘の方を眺めた景であろう。「激しかりし戦場《いくさば》」であったはずの丘の向こうに「平らけき海」がまことにのどかに見渡されることに、かえって強い悲哀が感じられたのであろうか。

皇太子時代から退位までに両陛下の沖縄訪問は十一回を数え、そこにはお二人の強い意志が感じられる。

初めての沖縄訪問は、昭和五十（一九七五）年七月、沖縄の本土復帰の三年後であった。沖縄国際海洋博覧会に出席するためであったが、献花のためまず糸満《いとまん》市のひめゆりの塔を訪れた。ここでいわゆる「ひめゆりの塔事件」と呼ばれる事件が起こった。

南部戦跡に向かう皇太子・皇太子妃両殿下の車列に、ある病院のベランダから石やガラス瓶などが投げられた。これは両殿下の車には当たらず事なきを得たが、事件はそのあとで起こった。ひめゆりの塔に向かって両殿下が深く頭を下げ献花をした直後、目の前のガマ（洞窟）に潜んでいた二人の活動家が火炎瓶を投げつけたのである。幸いお二人にはけがはなかったが、献花台に炸裂《さくれつ》して燃える焔《ほのお》の映像は日本中に大きな衝撃を与えるとともに、沖縄の抱える問題の根深さを改めて顕然化させることにもなった。

このあともスケジュールは少しも変えることなく整然と進んで行ったが、重要なことはこんな事件があったにもかかわらず皇太子時代、そして天皇に即位してからも沖縄訪問は途切れることなく続けられたことである。

特に天皇になってからの各地の慰霊の旅は、戦争の犠牲者を弔うとともに、再びあのような悲惨な戦争は決してあってはならないという、平成の天皇の強い思いでもあり、時間の経過で忘れられようとしている戦争の記憶を、常に新たにし続けなければならぬという意志表明にもなっていった。

長いあいだ私は、それら慰霊の旅の原点に沖縄があったと思ってきた。あの事件によって、沖縄の人々の皇室への複雑な感情を目の当たりにすることになり、それがその後の慰霊の旅の契機となったのだと思ってきたのである。しかし実は両陛下の沖縄への強い思いは、火炎瓶事件以前からはっきりとあったのである。

もともとこの沖縄訪問では南部戦跡は日程に入っていなかった。それを戦没者鎮魂のため、その地を訪れることを強く望んだのは皇太子なのであった。宮内庁も博覧会側も大反対であったという。

両殿下に沖縄問題について進講を行っていた外間守善《ほかましゅぜん》によると「何が起こるかわかりませんから、ぜひ用心して下さい」という外間の注意に、「何が起きても、受けます」と皇太子が言われたという。すでに最初の沖縄訪問の前から、どうしても戦争犠牲者を弔いたいという強い意志があったのであり、その思いは、天皇在位中も途絶えることなく続く慰霊の旅の原点でもあったのである。

4 新たな家族像

赤玉の緒《を》さへ光りて日嗣《ひつぎ》なる皇子《みこ》とし立たす春をことほぐ

平成三（一九九一）年　皇后

平成三年二月二十三日、浩宮徳仁親王《ひろのみやなるひと》三十一歳の誕生日に、その立太子の礼が執り行われ、正式に皇太子となった。

美智子さまの歌は、この立太子の礼における感慨を詠んだものである。「赤玉の緒《を》」は赤い玉を通した糸の意。「日嗣《ひつぎ》なる皇子《みこ》」は皇太子を意味し、歌会始などでは、現在でも皇太子は名前ではなく「日嗣の皇子」と、皇太子妃は「日嗣の皇子の御女《みめ》」と呼ばれている。

わが子が、いま皇太子として凛々《りり》しく立つ姿を、横から眩《まぶ》しく眺めている母親の喜びがおのずからにじみ出る一首であるが、わが子でありつつ、なお「立たす」と敬語が用いられているところに、皇室における皇位というものに対する謹みの姿勢が見えよう。

畏《おそ》れ謹む思いは次のような歌にも表れている。

あづかれる宝にも似てあるときは吾子《わこ》ながらかひな畏《おそ》れつつ抱《いだ》く

皇太子妃美智子（昭和三十五〔一九六〇〕年）

紛れもなくわが子でありながら「あづかれる宝にも似て」という思いもある。将来、日本国の天皇になるべき存在であれば、おのずからそのような「畏れ」の感情も湧きあがってきたのであろう。

美智子さまには子を詠んだ歌が多い。子を詠んだ歌の最初は、

吾命《あぎのち》を分け持つものと思ひ来し胎児みづからの摂取とふこと

という昭和三十五年の歌である。自らの命を分け持つ存在を得た、母としての実感を詠んだものであるが、歴代皇后、皇太子妃のなかで、胎児の歌が詠まれた例はおそらく皆無だろうと思われる。

平成の天皇の幼年期は早くから母親と離され、養育係の手によって育てられた。その自ら

の寂しさの故だろうか、そしてまた美智子さまの強い思いもあったのだろう、徳仁親王を自分たちで育てることにしたのは、従来の皇室のしきたりを大きく変える出来事であった。その方針は文仁《ふみひと》親王（秋篠宮《あきしののみや》）、清子《さやこ》内親王（紀宮《のりのみや》）のときにも受け継がれた。両殿下とともに楽し気に遊びまわる子どもたちの写真や動画が全国に流れ、「皇太子ご一家」「天皇ご一家」という言葉が定着することになった。当たり前のようであるが、この呼び名はきわめて新しく、新時代を告げる画期的なものとなった。

親と子が一緒に生活し、その中で子の成長が育まれる。どこにでもある、そんな普通の家族の形が可視化されることによって、国民と皇室の距離が一気に縮まり、国民に地続きの親しい存在として感じられるようになったのである。

このような新たな家族像を構築し得たということは、昭和、平成の時代を通じて、平成の天皇の大切な足跡の一つであると、私は思っている。

母住めば病院も家と思ふらし「いってまゐります」と子ら帰りゆく

皇太子妃美智子（昭和四十四〔一九六九〕年）

紀宮の出産のため宮内庁病院に入院した美智子妃のもとに、毎日子どもたちが通ってくる。

新しい妹に会いに行く喜びとともに、母親のいる家に帰るという感覚なのだろう。病院から東宮御所に戻るときには、逆に「いってまゐります」とあいさつをする。子どもにとっては母の居るところこそが家であり、そこから離れるのは「行ってまいります」なのである。

聞きわけよく二人で帰っていく子らを健気《けなげ》とも思い、愛《いと》しいとも思う母の心情が実に的確に表現されている。この感情のあり方こそが、国民が自分たちと同じ家族のイメージで「皇太子ご一家」を感じ取る基盤となったのである。

5 ハンセン病療養所への訪問

めしひつつ住む人多きこの園に風運びこよ木の香《か》花の香

平成三（一九九一）年　皇后

天皇皇后両陛下の大きな仕事に、高齢者や障害者、社会から隔離されて孤独の日々を送っている「人びとに寄り添い、心を寄せる」というものがある。なかでも全国のハンセン病療養所への訪問は、早く皇太子時代から続いていたものであった。ハンセン病ほど、科学的根拠のない偏見で患者が甚大な人権侵害を受けてきた病気はないだろう。

病原菌はらい菌という、結核菌などと同じ抗酸菌の一種であるが、結核菌よりははるかに感染力は弱い。にもかかわらず、病状が進むと皮膚に結節を生じたり、指や鼻が欠損したりする症例があることから、意味のない怖れと迫害を受けてきた。これは洋の東西を問わない歴史的事実である。

松本清張《まつもとせいちょう》原作の映画「砂の器」では、加藤嘉《かとうよし》演じるところの老父が「らい」故に地方を彷徨《さまよ》うさまが、あまりにも美しい日本の風景のなかに展開し、ひどく悲しく、強い印象を残したものだ。

ハンセン病は完治する病気であり、世界的には一九三一（昭和六年）年ごろより隔離せずに治療を行う方向へシフトしていった。だが、日本では同年「癩《らい》予防法」なる法律が制定され、患者を強制的に隔離する政策がとられた。その隔離政策が廃止されたのは、実に平成八（一九九六）年のことである。世界の動きから六十年以上も後れを取っていたと言わざるを得ない。

天皇皇后両陛下によるハンセン病療養施設への慰問の旅は、お二人にできるせめてもの励ましの旅であった。

だがある意味では、このような根拠のない隔離政策の残滓《ざんし》が種々の理由のもとになお法として残っていたことに対する、国に代わっての償いの思いが一部には込められていたかもしれない。

皇太子時代の昭和四十三（一九六八）年に、鹿児島県の奄美和光園《あまみわこうえん》を訪問したのをはじめとし、その後平成二十六（二〇一四）年に東北新生園《とうほくしんせいえん》（宮城県）を訪問するまで、両陛下は四十六年間にわたって慰問の旅をつづけられた。大型船が着けられない小島にあるため断念せざるを得なかった大島青松園《おおしませいしょうえん》（香川県）を除き、全ての施設を少なくとも一度は見舞ったことになる。青松園の入所者らとは高松市内で懇談の機会を持ち、全ての施設の入所者と懇談を果たしたのである。

東京都の多磨全生園《たまぜんしょうえん》を訪れた際の皇后さまの一首は、ハンセン病によって目の見えなくなった人たちのために、せめてこの園を吹く風よ、「木の香花《か》の香」を運び届けておくれと呼びかけたものである。そしてこの歌の背景に、私たちは両陛下が元患者たちと懇《ねんご》ろに手をとり、励ましている多くの写真を思い浮かべることができる。

触れ合っても、何の問題もないことは、私たち誰もが知っている。だが知っていることと、それを自然に行えることとはまったく違うことなのだ。私は最初にその写真を見た時に、両陛下のそのあまりにも自然な挙措に、自らを深く恥ずる思いを持ったことを鮮明に記憶している。

奄美和光園と宮古《みやこ》南静園《なんせいえん》（沖縄県）に両陛下の随行をしたことのある元侍従長の渡邉允《わたなべまこと》は、その時の様子を「車椅子でコの字に並んだ入所者に、両陛下が身をかがめて手を握りながら丁寧に話しかけておられる。傍らで付き添いの看護師の人がもらい泣きをしている。家族からも故郷からも見放された人たちに、私たちはあなた方のことを心にかけていますよと話しかけられることは、両陛下にしかおできにならないお務めなのだと、つくづく思いました」（『天皇家の執事』文春文庫）と書き残している。

6 東南アジア三カ国歴訪

旅終へて立ちし空港は雨にして訪ひ来し国の乾きを思ふ

平成三（一九九一）年　天皇

昭和から平成へ、その間、大きく変わったもののひとつに、天皇皇后による海外歴訪の旅がある。

昭和天皇が天皇として公式に海外へ出かけたのは昭和四十六（一九七一）年の欧州歴訪（ベルギー、イギリス、西ドイツ）と、同五十（一九七五）年のアメリカ合衆国の二度だけだが、平成になって両陛下の海外公式訪問は二十回を数え、その数は劇的に増えた。

天皇皇后として初めて訪れたのが、平成三（一九九一）年のタイ、マレーシア、インドネシア三国であった。天皇陛下の一首は、その歴訪を終え、羽田空港に降り立ったときのものである。折あしく空港は雨であったが、十一日間の日程で、乾いた土地とそこに住む人々と接してきて、改めて湿潤な日本の空気が、ありがたく懐かしくも感じられたのだろう。同時に十日余りを共にあった厳しい乾燥の地を思い、そこに生活を営んでいる人々のことが思われたのに違いない。

皇太子時代には既に二十三回もの海外訪問を経験してはいたが、天皇皇后としては初めての公式訪問である。その初訪問に東南アジア三国を択《えら》んだところには、従来の欧米重視の外交姿勢から、より近いアジアを大切にしたいという意識がさりげなく示されていただろうか。

インドネシアのスハルト大統領は「歴史の一里塚」と、マレーシアのアズラン・シャー国王は「平和と友情の使節」と、そしてタイのアナン首相は「平和、善意、相互理解の三つのメッセージをもたらした」と評価し、どの国においても大いに歓迎された訪問であった。

タイでは、タイの小中学生と日本人学校生徒らとの懇談の場が設けられた。両陛下は国内におけると同様、子どもたちと触れ合えるような席を希望したが、国王の前で国民がひれ伏すほどのタイでは、王室同席の場でそんなカジュアルな懇談は認められず、二階にロイヤルボックスが用意された。

そこでお二人は帰り際、手すりから身を乗り出すように手を振ったところ、子どもたちは大喜びで、見送りの通路では握手なども求めてきたという。当然、気軽に応じられたが、日本では見慣れた光景も、タイではあり得ないことだったようで、横に付き添っていたシリントン王女がいかにも困惑気味であったという。王室と国民、皇室と国民の距離の文化的背景を抜きには語れないもので、王女の困惑には同情せざるを得ないが、各国国民との両陛下のそんな接し方は、その後もずっと続けられることになる。

平成の天皇が初めてタイを訪問したのは、皇太子時代の昭和三十九（一九六四）年。この時プミポン国王から山岳民族がタンパク源不足に悩んでいるという話を聞いた皇太子は、帰国後すぐにアフリカ原産の淡水魚テラピアの稚魚五十匹を贈ったという。魚は皇太子の専門分野であった。

テラピアは繁殖力が高く、味もよい。最初王宮の池で殖《ふ》やされ、その後タイ政府が本格的に貯水池などで養殖を始めた。いまやナマズと並ぶタイの有力なタンパク源となり、タイの庶民料理に欠かせない素材となっているという。

あまり知られていないエピソードだが、これはちょっと驚くべきことである。なにしろ一人の思いつきが、一国の食糧事情に寄与しただけでなく、その食文化まで変えてしまったというのだから。

自らが四半世紀前にまいた種が、見事にタイの現在に生きていることを知った天皇の喜びは大きかったに違いない。単なる儀礼ではなく、本来の意味での、国際親善の形がそこにあったのである。

7　初めての中国訪問

笑顔もて迎へられつつ上海の灯ともる街を車にて行く

平成四（一九九二）年　天皇

平成四年十月、天皇皇后両陛下は中国を公式訪問し、北京、西安《せいあん》、上海を歴訪した。初めての中国訪問であり、前年の東南アジア歴訪の旅以上に世界の関心を集めることになった。中国では平成元（一九八九）年に「天安門《てんあんもん》事件」が起こり、民主化を訴える学生や市民を装甲車などで踏みにじるという映像が世界中に衝撃を与えた。世界からの批判の目をそらす狙いもあっただろうが、国をあげての歓迎ムードが演出された。

この訪中で注目されたのが、天皇陛下による「お言葉」であった。東南アジア歴訪の旅では「日本は、先の誠に不幸な戦争の惨禍を再び繰り返すことのないよう平和国家として生きることを決意し」（タイ、プミポン国王王妃主催の晩餐会《ばんさんかい》にて）と、戦争責任への言及はかなりマイルドな表現に留められた。だが今回の訪中では、楊尚昆《ようしょうこん》国家主席主催の晩餐会における天皇陛下の「お言葉」は前回とは明らかに違っていた。

この両国の関係の永きにわたる歴史において、我が国が中国国民に対し多大の苦難を与えた不幸な一時期がありました。これは私の深く悲しみとするところであります。

平成二（一九九〇）年に韓国の盧泰愚《ノテウ》大統領が訪日したときに、天皇陛下は「我が国によってもたらされたこの不幸な時期に、貴国の人々が味わわれた苦しみを思い、私は痛惜の念を禁じえません」と述べられたが、それよりさらに一歩踏み込んだ言葉と受け取れるものであった。「我が国が中国国民に対し」と、はっきり述べており、陛下の誠実な口調から、そこに込められた謝罪の意が自然にくみ取れるものになっていた。

この「お言葉」は国内でも、中国でも好意的に迎えられたが、一方で、いやもっと直接謝罪の意を表すべしとの意見も報じられた。中国では謝罪を求めてハンストをする活動家も現れたし、国内でも天皇は戦争責任を曖昧にすべきではなく、国としてきちんと謝罪すべしとの意見もあった。

しかし、私は「お言葉」はこれがぎりぎりのもので、これ以上踏み込まないことに意味があっただろうと思っている。これ以上踏み込んだ謝罪表明を行うとすると、それは国の責任を引き受けることになり、政治的行為との線引きが難しくなる。

それ以上にやっかいなのが外国への公式訪問、また国賓の接待などの場で、ともすればわれわれは天皇を国を代表する存在、「元首」に近い感覚で受け止めてしまいがちなことである。確かに首相が行くより、天皇が行く方が国民感情としてはより親しく感じられ、うれしいだろうから、国を代表する存在であることは間違いない。だが天皇は憲法の下で〈象徴〉と位置づけられているのであり、「元首」とは決して見誤ってはならないはずだ。

ここで思い出しておきたいのは自由民主党の「日本国憲法改正草案」だ。第一章第一条には「天皇は、日本国の元首であり、日本国及び日本国民統合の象徴であって、その地位は、主権の存する日本国民の総意に基づく」と明記されている。天皇を「元首」と位置づけようとしているのである。

これは、平成という時代、その三十年をかけて、平成の天皇が模索してこられた〈象徴〉としての存在とは相いれないものではないだろうか。「元首」とみられないよう注意深く行動し、憲法に定める象徴に徹することを実践してこられたのが平成の三十年だったはずである。

上海の街で両陛下を迎えた多くの人々の笑顔に、笑顔をもって応えられていた陛下の顔は〈象徴〉としての顔以外のものではなかったはずである。

8　日本古来の蚕を守る

葉かげなる天蚕《てんさん》はふかく眠りゐて櫟《くぬぎ》のこずゑ風渡りゆく

平成四（一九九二）年　皇后

私が初めて「小石丸」という名前を聞いたのは、皇后美智子さまの口からであった。おそらく多くの日本人にとってなじみの少ない名前であろう。

美智子さまは毎年の誕生日に宮内記者会からの「この一年の印象に残っていること」という質問に文書で回答を寄せてこられた。平成十一（一九九九）年には、

約二か月にわたる紅葉山《もみじやま》での養蚕《ようさん》も、私の生活の中で大切な部分を占めています。毎年、主任や助手の人たちに助けてもらいながら、一つ一つの仕事に楽しく携わっています。小石丸という小粒の繭《まゆ》が、正倉院《しょうそういん》の古代裂《こだいぎれ》の復元に最もふさわしい現存の生糸とされ、

天蚕と呼ばれる蚕の卵を櫟の枝に付ける皇后。2008年5月（写真 宮内庁）

御物《ぎょぶつ》の復元に役立てていただいていることを嬉しく思っています。

とお答えになったが、皇后さまの大切な仕事の一つに養蚕がある。ここで言う「紅葉山」は皇居内の紅葉山御養蚕所のこと。毎年ここで蚕の世話をし、繭を取る仕事を続けてこられた。

明治四（一八七一）年、昭憲《しょうけん》皇太后（明治天皇皇后）が養蚕奨励のため、しばらく絶えていた養蚕を皇居で始められ、代々の皇后によって引き継がれてきたのである。

実際には「御養蚕始《はじめ》の儀」から「御養蚕納《おさめ》の儀」まで、多くの儀式があるが、皇后さまは、それらをこなすだけでなく、実際に皇居のなかの桑畑にも赴いて、桑の葉を摘む作業などもされている。

「私の生活の中で大切な部分を占めています」と言われる通りであるが「一つ一つの仕事に楽しく携わって」というところが大切だろう。義務ではなく、楽しみの一部。それはこんなエピソードにもあらわれている。

　蚕にはいろんな品種があるが、「小石丸」という蚕は日本古来のもので、繭は小さく、糸も細くて弱い。交配による品種改良が進む中で、民間市場からは淘汰《とうた》されようとしており、皇居でも「小石丸」はもうやめようかという話が出た。

　だが美智子皇后が、日本の純粋種と聞いており、繭の形が愛らしく、糸が繊細でとても美しい。もうしばらく古いものを残しておきたいとおっしゃったのだという。

　そのひと言が、思いがけない実を結ぶことになった。正倉院宝物の絹織物の復元を行うとき、現在の絹糸では太すぎてとても駄目だった。そして「小石丸」の細さ、繊細さが、奈良時代の絹にいちばん近いということになり、正倉院からの要請で、皇后さまは急遽《きゅうきょ》、六、七倍も増産し、平成六（一九九四）年には四十八キロの繭を正倉院に贈られた。この繭から、正倉院宝物「紫地 鳳 唐草丸文 錦《むらさきじほうおうからくさまるもんのにしき》」などが復元されたのだという。

　私たち歌会始の選者が、両陛下との懇談の機会をいただいた折、「小石丸」の話題になったときの、皇后さまの輝くような笑顔が忘れられない。「小石丸」への誇りと、それについて語れることが楽しくてならないといった喜びが、こもごもに感じられたものだ。

皇后さまには蚕の歌が多いが、掲出の御歌《みうた》は、平成四年の歌会始で「風」というお題のもとに詠まれたもの。

やはり、日本古来のものを残したいというお気持ちから、紅葉山では天蚕《てんさん》も育てられている。天蚕は桑ではなく、櫟《くぬぎ》の葉を餌とするが、天蚕の卵を櫟の枝につける作業は「山つけ」と呼ばれ、これも皇后さまのお仕事である。葉を食べる天蚕の音も絶え、その深い眠りを撫《な》でるように風が渡っていく。印象深い一首である。

一般にはあまり知られることのない皇居のうちの作業のなかに、日本古来の伝統が息づいている。

9　皇居での稲作

日本列島田ごとの早苗そよぐらむ今日わが君も御田《みた》にいでます

平成八（一九九六）年　皇后

平成八年の歌会始、お題「苗」のもとに発表された皇后陛下の御歌《みうた》は「わが君」が今日は「御田《みた》」にお出ましになっているよと詠《うた》っている。田仕事のためである。上句に「日本列島田ごとの早苗そよぐらむ」という、国見《くにみ》を思わせるかのような、おおどかな景が詠み込まれることによって、この「君」は天皇以外ではあり得ないこととなった。

日本列島の北から南まで、田という田に早苗がそよぐ季節。そんなある一日、多くの農に携わる人々と同じように、「わが君」も田に出て稲の世話をしておられる。それを誇りに近い思いで、思いやっている歌である。

新嘗祭《にいなめさい》の歴史は古いが、天皇による稲作は昭和天皇から始まった。平成二十一（二〇〇

皇居内の生物学研究所隣にある水田でお田植えする天皇。2011年5月（写真　宮内庁）

九）年、両陛下のご成婚五十年の記者会見で、天皇陛下は「新嘗祭のように古い伝統のあるものはそのままの形を残していくことが大切と考えますが、田植えのように新しく始められた行事は、形よりはそれを行う意義を重視していくことが望ましいと考えます。したがって現在私は田植え、稲刈りに加え、前年に収穫した種籾《たねもみ》を播《ま》くことから始めています」と答えられた。

昭和天皇は、田植えからだったが、平成の天皇は、まさに実際の稲作のすべてを行うべく、苗代に種籾を播くところから始められる。しかも種籾は、毎年農林水産省の研究所（現在は独立行政法人）から届けられるものに加え、前年に皇居で収穫されたものを一緒に播くので年々増加してきた。皇居には二百四十平方メートルほどの水田があるが、天皇自身が植える苗の株数が、平成の初めに比べて二十倍にもなったのだという。

いつだったか、陛下御自身から、もう身体がついていかなくて、あるところから増やすのをやめましたと、直接お聞きしたことがあった。籾播き、田植えから稲刈りまで、それらの作業の大変さと誇りとがこもごもに感じられるようで、いかにも楽しそうなお顔であった。

しかし、なぜ陛下はそこまで自らの仕事を増やし、身体を酷使する必要があったのだろう。それは陛下が〈象徴〉という存在をどのように意識されているかに関わる問題だと私には思われる。

象徴とは本来、「在ること」において象徴なのである。存在そのものが象徴なのだと言ってもいい。それに対して、平成の天皇は「為《な》すこと」によって〈象徴〉という存在を常に更新してこられた。

国民のために五穀豊穣《ほうじょう》を祈るのであれば、抽象的な儀式としてではなく、実際の作業を自分にできる精いっぱいのところまで拡《ひろ》げることによって国民とともにありたい。それが植え付け面積の増大となって表れたのだろう。

平成という時代の三十年は、天皇が〈象徴〉という存在を自ら模索し続けた三十年であったと私は思っているが、それは常に「国民のために何ができるか」という、「為すこと」を基盤においた発想以外のものではなかった。

目に見えやすいところでは、それは被災地への慰問、そして戦禍で多くが亡くなった地への慰霊という形で表れているが、皇居における稲作という一つをとってみても、「在ることによる象徴から、為すことによる象徴へ」の模索の一つの形だったのだと私には思われるのだ。

それ故に、体力的衰えの自覚が、退位の決意へとつながるのは必然でもあった。平成二十八（二〇一六）年の退位表明の「お言葉」に対して、天皇は皇居でじっと祈ってくれれば十分だという「有識者」がいたが、それは平成の天皇による新たな〈象徴〉像の確立を無視した発言であったと言わざるをえないだろう。

10 ─ 奥尻島地震の被災地へ

壊れたる建物の散る島の浜物焼く煙立ちて悲しき

平成五（一九九三）年　天皇

平成五年七月十二日夜、北海道・奥尻島の少し北の日本海でマグニチュード7・8、推定震度6の大地震が発生した。日本海側で発生した地震としては、近代以降最大のものとされる。

正式には北海道南西沖地震と呼ばれるが、大きな被害がでた奥尻島などで、死者二百二人、行方不明者二十八人。

この被害の多くは津波によるものであった。震源からすぐ近くの地点にあった奥尻島には、地震発生から十数分の間に二度にわたって大津波が襲い、多くの住民が犠牲となった。

地震発生からわずか十五日後、七月二十七日に天皇皇后両陛下は奥尻島を訪問し、被災者たちを見舞われた。自衛隊ヘリで奥尻空港に着いたのち、被害のもっとも大きかった青苗《あおなえ》地区に入り被害状況を視察されたのである。

　天皇陛下の一首はこの折のものである。浜には「壊れたる建物」が散らばっている。あちらでもこちらでも物を焼く煙が見える。その煙が人々の苦難と悲しみをあまりにもリアルに感じさせ、実際に陛下はすさまじい惨状を目にして息をのまれたという新聞記事がある。

　青苗地区をはじめ数カ所で、被災者が避難生活を続ける施設を訪れ、膝をついて声をかけ励まされた。平成三（一九九一）年の雲仙普賢岳のときと同じである。

　ところがその報道を見た人から町役場に電話が相次いだのだという。「天皇をひざまずかせるとは」「陛下がひざまずいているのに、あぐらをかいて迎えるものがいるとは」といった批判である。両陛下が膝をついて被災者と接し、話す姿がまだ国民に浸透していなかったということであろう。

　だが一方、二年後に起きた阪神・淡路大震災の被災者慰問の折には、そのような批判はまったく寄せられなかった。両陛下の一貫した姿勢がおのずから国民の目を変えていったということである。

　被災地を訪問することは、被災した人々に寄り添い励ますことに第一義的な意味がある。一方で、両陛下が被災した人々に寄り添っていることを、報道によって国民が知り、自分たちに何かあったときは、かならず手を差し伸べてくれるという信頼感にもなり、それは一般国民への大きなメッセージにもなっているはずである。

六年《むつとせ》を経てたづねゆく災害の島みどりして近づききたる

天皇（平成十一年）

さらに両陛下は多くの場合、被災地を再訪している。奥尻島の場合も、平成十一（一九九九）年に、前年復興を宣言した島を再び訪れた。一度だけでなく「その後」の人々にも心を砕き、励ます。そして復興を共に喜ぶ。これも平成の天皇が確立したスタイルである。

被災せる奥尻島《おくしりたう》の子供らの卒業の春いかにあるらむ

皇后（平成六年）

被災の翌年、子どもたちの卒業式はどうなっただろうと案じる歌だ。この皇后の御歌は被災地の人々に、自分たちが忘れられていないという実感を与えるだろうし、またそれは一般国民にも忘れてはならないというメッセージとして伝わるだろう。

このように両陛下の被災地訪問は、被災地の人々へ向けた激励であるとともに、またそれは天皇皇后という存在を介して、国民ひとりひとりが被災地の人々とつながるというところにその大切な意味があり、まさに両陛下はそのような一体感の要としての役割を果たしておられるのである。

11 皇后の疎開体験

やがて国敗《やぶ》るるを知らず疎開地《そかいち》に桐《きり》の筒花《つつばな》ひろひゐし日よ

平成四（一九九二）年　皇后

「群馬県館林」と、簡潔に注記された皇后さまの一首である（『道　天皇陛下御即位十年記念記録集』ＮＨＫ出版）。歌としては、「桐《きり》の筒花《つつばな》」という具体の提示が、一首に彫りの深さを与えている。

桐の花は薄紫の五弁花であるが、「筒花」と詠《うた》われているように、地面に散り落ちても筒状を保っているものが多い。疎開地の無聊《ぶりょう》に、ひとり桐の花を集めるなどという時間もあったのだろうか。

困難な疎開生活に耐えつつ、しかし「やがて国敗《やぶ》るる」ことは、多くの国民と同様、幼い少女に知るすべもなかった。

正田《しょうだ》家の長女、美智子さんは、昭和二十（一九四五）年三月、群馬県館林《たてばやし》へ疎開することになった。十万人もの犠牲者が出た、東京大空襲の直前である。神奈川県藤沢市鵠沼《くげぬま》には父正田英三郎《ひでさぶろう》が経営する日清製粉の寮があった。前年から美智子さんはそこに疎開していたが、館林は二度目の疎開である。父と兄が東京の自宅に残り、母富美子《ふみこ》と妹、弟に美智子さんの四人が館林に移ったのである。館林には正田家の本家（正田醤油）があった。

田舎の子どもたちにとっては、色が白く、きれいなブラウスに東京山の手言葉を使う女の子の出現は、いやでも目立ってしまった。当初はいじめにも遭い、取っ組み合いの喧嘩《けんか》になったと、工藤美代子『美智子皇后の真実』（幻冬舎文庫）に書かれている。

しかし、美智子さんは、容姿、勉強、音楽、運動のいずれにおいてもずば抜けており、たちまち地元の子どもたちの心を摑《つか》む存在になったと、同級生たちの話とともに、同著に記されている。

美智子さまは疎開時代について何度も触れておられるが、平成十（一九九八）年、国際児童図書評議会（IBBY）ニューデリー大会の基調講演では「田舎での生活は、時に病気がちだった私をすっかり健康にし、私は蚕を飼ったり、草刈りをしたり、時にはゲンノショーコとカラマツ草を、それぞれ干して四キロずつ供出するという、宿題のノルマにも挑戦しました」と、自らの疎開体験をいきいきと振り返っている。

戦局の悪化とともに、さらに軽井沢へ疎開し、終戦をそこで迎えることになった。終戦で再び館林に戻ったが、東京五反田《ごたんだ》の自宅が米軍に接収されていたことから、美智子さんが自宅に戻ったのは昭和二十二（一九四七）年一月、六年生のとき。

辛い体験、困難な体験も、若い精神にはポジティブな結果を残す場合が多いが、美智子さまにとっての疎開体験もそのようなものであった。

もちろん、正田家の疎開は裕福な一家のそれであり、一般庶民が食糧難に苦闘しながら体験したものとは雲泥の差があったことは事実であろう。だが、もし美智子さまがこの機会を持たれなかったならば、本当の意味での庶民の生活を体験することはなかったのかもしれない。

天皇陛下が、庶民の生活を体験することは無理である。それ故、一般国民と天皇の、意識上の架橋を成したのは、美智子さまが疎開時代に経験した庶民の暮らしだったのかもしれない。両陛下は折あるごとに、国民に寄り添うという発言をしておられるが、その基盤としてこのような疎開体験の共有は大きな意味を持っていただろう。

くろく熟《う》れし桑の実われの手に置きて疎開《そかい》の日日を君は語らす

皇太子妃美智子（昭和五十五〔一九八〇〕年）

と詠われているごとく、「疎開《そかい》の日日」は折々に二人の会話のなかに出てきたのだろうか。

次項では天皇陛下の疎開について触れることにしよう。

12 焼け野原の東京――記憶の原点

疎開せし日光の住処《すみか》五十年《いそとせ》を越えたる夏におとなひにけり

平成八（一九九六）年 天皇

平成の天皇が皇太子として学習院初等科に入学されたのは昭和十五（一九四〇）年。昭和天皇の学習院時代は、その学友の多くが皇族や華族であったが、明仁皇太子のクラスは華族・平民を問わず一緒であり、クラス替えも定期的に行われていた。

しかしそんな自由な環境での学校生活は、やがて戦争の影のなかにのみ込まれてゆく。昭和十六年の米英に対する宣戦布告ののち、昭和十九年には東京をはじめとする、日本各地の大都市への空襲が本格的に始まったのである。学習院初等科五年生であった皇太子さまも、疎開をやむなくされた。五月には級友たちとともに、静岡県沼津《ぬまづ》へ移った。警護のため、近衛師団の一個中隊約百人が同行したというのに驚く。

やがて沼津沖への米軍潜水艦の出没情報など、不穏な空気が流れ始め、わずか二カ月ほどの滞在ののち、七月には海岸線から遠く離れた栃木県日光《にっこう》に疎開ということになった。学習院初等科のなかでも、皇太子さまの五年と弟宮義宮《よしのみや》さま（正仁《まさひと》親王、後の常陸宮《ひたちのみや》）の三年だけが日光へ疎開したという事実に改めて驚かされる。この集団疎開が二人の親王の警護と教育を主目的としていたことは明らかである。

日光での宿泊所が、田母沢《たもざわ》御用邸であった。大正天皇がよく滞在した御用邸であり、そこで一年近く生活をすることになる。教室は近くの東京帝大理学部附属日光植物園の建物、また他の同級生たちは、同地の金谷《かなや》ホテルに宿泊することになった。

掲出歌は、五十一年ぶりに、その御用邸を訪れたときの感慨である。田母沢御用邸には強い思い入れがあったのか、天皇陛下は別の機会にも再びそれを詠《うた》っておられる。

一年《ひととせ》を過しし頃のなつかしく修復なりし部屋を巡りぬ

天皇（平成十三〔二〇〇一〕年）

修復なった御用邸内の部屋を一つずつ回られたのだろう。苦しいことも、あるいは父母と遠く離れている寂しさもあったはずである。だが小学生という若い好奇心が新しい場所にいち早く順応したのであろうか、あるいは半世紀を超える長い時間の濾過《ろか》作用が、記憶の明るい部分のみを抽出していったのだろうか、この二首にはともに懐かしさが強く表出されている。

疎開時代の思い出として、同級だった明石元紹《あかしもとつぐ》は、疎開中のもっとも大きな楽しみは両親との面会日であったが、「同級生のなかで唯一人、この喜びを味わえない子がいた。御用邸のなかの皇太子殿下である」と記し、皇太子さまの寂しさを思いやっている（『今上天皇つくらざる尊厳』講談社）。

このあと皇太子さまは、さらに奥地の奥日光湯元の南間《なんま》ホテルへ皆と移り、そこで終戦の玉音放送を聴くことになる。

戦後、日光の疎開先から東京に戻って、私が目にした光景は、今日の東京からはまったく想像することのできないものでした。焼け野原の中に小さなトタンの家々が建っていた当時を振り返るとき、あの廃墟の中より今日の東京が築かれたことに深い感慨を覚えます。

これは平成七（一九九五）年八月三日、戦後五十年にあたり、東京都慰霊堂を訪れた時のお言葉である。このあとには「燃え盛る火に追われ、命を失った幾多の人々のことを私どもは決して忘れることなく」と続くが、陛下が繰り返し述べられる戦争で犠牲になった人々という言葉の原点に、自らが実見した東京の焼け野原があったことはまちがいのないところであろう。

13

新時代のお妃選び

たづさへて登りゆきませ山はいま木木青葉してさやけくあらむ

平成五（一九九三）年　皇后

礼宮文仁親王《あやのみやふみひと》と川嶋紀子《かわしまきこ》さんの結婚の儀が行われたのは平成二（一九九〇）年六月。これにより秋篠宮《あきしののみや》家が創設された。

その三年の後、平成五年六月には皇太子浩宮《ひろのみや》徳仁《なるひと》親王と小和田雅子《おわだまさこ》さんの結婚の儀が執り行われた。川嶋紀子さんは学習院大学教授の娘、小和田雅子さんは外務省事務次官の娘、ともに民間からのお妃《きさき》選びということになり、しかも二代続いての民間からの親王妃。

しかし今回は、どちらも民間からのお妃でむしろ当然というのが、国民の一般的な受け止め方であったような気がする。皇室会議が正田美智子さんを皇太子妃にと決定したのが昭和三十三（一九五八）年。それからの三十数年という時間が、国民の意識を劇的に変えたことになる。

美智子さまが皇太子妃として初めて皇室へ入られた当初、民間の出ということで一部の皇族や旧華族からの激しい抵抗といじめがあったことを、私たちは、いまや歴史的事実として知っている。にもかかわらず美智子さまが皇太子妃として、皇后として国民に見せてこられた献身的で飾らない素顔が、次代のお妃選びは民間からで当然という空気を生んだのだと言ってもいいだろう。

平成三（一九九一）年には天皇家に初孫眞子《まこ》さまが生まれた。その喜びを美智子さまは、

春の光溢るる野辺の柔かき草生《くさふ》の上にみどり児を置く

皇后（平成四年）

と詠《うた》っておられる。真綿のように柔らかな存在を「野辺の柔かき草生《くさふ》の上に」大切にそっと置く。柔らかな自然の懐にそっと差し出すといった感覚も感じられようか。「置く」という、むしろぶっきらぼうな表現が、とてもいい。

歌には「晴《はれ》と褻《け》」という分類があり、それぞれ公の歌、日常の歌を指す。

皇太子結婚を祝う掲出の御歌は晴の気分が強い。「たづさへて登りゆきませ」は、母とし

て、また皇后として門出を祝い、末永く仲良く一本の道を登って行ってほしいという願いでもある。現代短歌が忘れてきた晴の歌が、堂々とした格調とともに生きている現場を掲出の一首に見ることができる。

皇太子結婚翌年の、平成六（一九九四）年の歌会始には、

我が妻と旅の宿より眺むればさざなみはたつ近江の湖《うみ》に　皇太子徳仁

君と見る波しづかなる琵琶の湖《うみ》さやけき月は水面《みのも》おし照る　皇太子妃雅子

の二首が並ぶことになった。お題は「波」であったが、期せずして同じ近江《おうみ》の湖、琵琶湖を詠んでいるのがおもしろい。公務で滋賀県彦根《ひこね》に泊まられたときの歌である。

二首の間では、「近江の湖」と「琵琶の湖」のほかに、「我が妻と…眺むれば」と「君と見る」が、さらに「さざなみはたつ」と「水面おし照る」とが構造的に対応する。まさに計ったような相似形である。思わず微笑《ほほえ》ましい思いを持つのは私だけではないだろう。

結婚パレードで沿道の人々に手を振って応える皇太子ご夫妻。
1993 年 6 月、東京都千代田区（写真　時事）

またここで呼称についても注目しておきたい。天皇陛下は、美智子さまを「妹《いも》」「我妹《わぎも》」と詠われることが多いが、皇太子さまは初めから「我が妻」。無意識だろうが、世代の差が顕著に表れているのかもしれない。

美智子さまの歌にあったように、まさに「たづさへて」歩みを始めようとする若き二人の、おのずからなる精神の共鳴・共感を、門出にあたる初めての歌会始の二首の歌が、さりげなく伝えている。

14 皇后、声を失う

うつつにし言葉の出《い》でず仰ぎたるこの望《もち》の月思ふ日あらむ

平成五（一九九三）年　皇后

皇太子妃時代からの美智子さまの御歌《みうた》を集めた歌集として、『瀬音』（大東出版社）が刊行されたのは平成九年。昭和三十四（一九五九）年から平成八年までの作、三百六十七首が収録されている。

そのなかに「月」というお題のもとにひっそりと置かれている一首がある。歌集『瀬音』のなかで、もっとも切実な悲しみをたたえた一首であるのかも知れない。

現実の生活のなかで、言葉が出ないままに仰いだ、この望の月を、いつか思いだすことがあるのだろうか、というのがこの一首の言うところである。「うつつにし言葉の出でず」は普通なら比喩的にとられる歌だが、これが比喩ではなかったところに悲劇があったと言わなければならなかった。

平成五（一九九三）年四月十五日号の「週刊文春」に「皇太子御成婚を前に　新御所建設ではらした美智子皇后『積年の思い』」なる記事が載り、これが悲劇の始まりであった。

その記事は天皇皇后両陛下の新しい御所、吹上《ふきあげ》新御所の建設を巡り、無駄遣いが多すぎるのではないか、そしてその指示が皇后より出ている。また皇太子の結婚に関する情報を各宮家に伝えないのも皇后の意向で、美智子皇后の強い権力が宮内庁に影響力を及ぼしている……などといった一方的な指弾を展開したものであった。

それは「サンデー毎日」など他の雑誌にも飛び火。「宝島30」の同年八月号に「皇室の危機『菊のカーテン』の内側からの証言」と題し、大内紀なる匿名の人物による皇后批判が載せられた。内容は、品がよいとはとても言えない、皇后への個人攻撃だった。

「皇后バッシング」と呼ばれるこれらの記事は、多くの雑誌で執拗《しつよう》に繰り返され、美智子皇后の意向によって、昭和天皇が愛した皇居の自然林が丸坊主になったなどと、根拠不明の批判を、多くの匿名の人物を登場させて掲載していった。表現の自由や、これからの皇室を憂《うれ》えるといった表面的な美辞の陰で、部数の増大のために大衆を煽《あお》るといった姿勢が感じられる。

また昭和から、平成の時代になり、いわゆる「開かれた皇室」となっていくことに対する嫌悪を抱く勢力の論調が、他の雑誌の記事にも通底していて、その攻撃の対象が皇后に向かっていた。現在の私が読み返しても、強い嫌悪感を抱くような記事ばかりだが、誰よりそれを耐えがたく感じておられたのは間違いなく皇后美智子さまであったはずである。

十月二十日の五十九歳の誕生日に際して記者会からの質問に、美智子さまは次のような回答を寄せられた。


どのような批判も、自分を省みるよすがとして耳を傾けねばと思います。今までに私の配慮《はいりょ》が充分でなかったり、どのようなことでも、私の言葉が人を傷つけておりましたら、許して頂きたいと思います。

しかし事実でない報道には、大きな悲しみと戸惑《とまど》いを覚えます。批判の許されない社会であってはなりませんが、事実に基づかない批判が、繰り返し許される社会であって欲しくはありません。


ぎりぎり抑えた表現でありながら、ここには美智子皇后の精いっぱいの抗議の思いが込められていよう。皇后陛下の数多くのお言葉のなかでも見事な回答のひとつである。

この回答が新聞に載った平成五年十月二十日、その誕生日に皇后陛下は倒れられたのである。そして言葉を発することのできない失声の状態は、それ以降数カ月続くことになる。

第二章

慰霊の旅のはじまり

15

激戦地硫黄島へ

戦火《いくさび》に焼かれし島に五十年《いそとせ》も主なき蓖麻《ひま》は生ひ茂りゐぬ

平成六（一九九四）年　天皇

平成五（一九九三）年十月二十日の誕生日に倒れられた皇后さまは、その後数カ月、声を失ったままの状態が続いた。

その間も天皇陛下とともに各地へのお出ましがあり、倒れて約二週間後には全国豊かな海づくり大会などのために愛媛県と高知県を訪れた。身体障害者施設では手話によって会話をされるなど、自らの精神的ショックと失意、さらに実際に声を失うという過酷な状況の中で公務へのひたすらな努力がなされていた。

「言葉を失うということは、あまりにも予期せぬことでしたので、初めはその現実を受けとめることが私にできる精一杯のことでした」というのは、後年になっての皇后さまご自身の言葉である。

そのような中、翌平成六年二月十二日、両陛下が強く望まれて太平洋戦争の激戦地、硫黄島への慰霊の旅が実現することになった。前年の沖縄に続き、天皇に即位して二度目の慰霊の旅であった。

硫黄島は玉砕の島と呼ばれることも多いが、昭和二十（一九四五）年二月十六日、地形が変わるほどの砲爆撃が始まり、十九日には六万を超える米海兵隊が上陸し、日本側の守備兵約二万との間に凄絶《せいぜつ》な戦闘が繰り広げられた。三十六日間にわたる戦闘で日本兵はほぼ全員戦死、玉砕し、米軍も七千近い死者、約二万の戦傷者を出したという。

日本兵は総延長十八キロにも及ぶ地下壕《ごう》に籠《こ》もって戦ったが、火山島であるこの地の地下はセ氏四十七、四十八度にもなったといい、その焦熱地獄で水を渇望しつつ死んでいった兵士は数知れなかった。

両陛下は、硫黄島の天山《てんざん》慰霊碑に参拝し、献水をされたが、ここでは水を渇望しながら亡くなった戦士らのために、今でも常に水を絶やさないようになっているという。

この時皇后陛下が詠まれた御歌は次の一首である。

慰霊地は今安らかに水をたたふ如何《いか》ばかり君ら水を欲《ほ》りけむ

豊かにたたえられた慰霊碑の水は、水を欲してついに得られることなく死んでいった死者たちをいや応なく思わせることになったのであろう。

冒頭の天皇の御製《ぎょせい》は硫黄島での激烈な「戦火」を思う歌である。蓖麻《ひま》はもとは蓖麻子油《ひましゆ》を取るために栽培していたのであろう。しかし戦火ののちの五十年を「主なき」ままになお生い茂っている蓖麻を見て、栽培種が野生に変わるまでの時間が、戦後という時間に重ねて思われたのかもしれない。

硫黄島の次に向かわれたのは父島《ちちじま》であった。十三日、父島から次の訪問地母島《ははじま》へ向かうヘリコプターが強風で飛べなくなったため、予定を変更して、小港《こみなと》海岸で島の子どもたちがアオウミガメを放流するのを見学された。

この時、子どもの一人が「あれが私の放したカメ」と話しかけると、皇后さまが「次の波が来るとカメは海に帰るのね」と答えられた。声が出たのである。このことを皇后さまが、うれしそうに女官長に話されたという。

声を失って四カ月、この間、紀宮清子《のりのみやさやこ》さまは常に横にあって献身的な介護をされた。美智子さまにとって、誰より気を許し、安心していられる存在であっただろう。発症後、まずかろうじて出た言葉が「陛下」と「サヤ」であったという。サヤ（一般にはサーヤとして知られている）は、清子さまの愛称である。

母君に対する清子さまの精一杯の愛情を感じ、また天皇陛下と一緒にいられる安心感、それに島の素朴な子どもたちとの接触が、父島での声の回復をもたらしたのであろう。

16

阪神・淡路大震災

なゐをのがれ戸外に過す人々に雨降るさまを見るは悲しき

平成七（一九九五）年　天皇

平成七年一月十七日、午前五時四十六分。兵庫県淡路島北端付近を震源として、最大震度7という、まさに戦後では最大規模の地震が関西地方を襲った。

この地震の死者数は昭和二十三（一九四八）年に起こった福井地震（死者三千七百六十九人）以来の規模であり、実は地震国日本にあって、この半世紀は例外的と言ってもいいほど平穏な時代が続いていたのだと言える。昭和十八（一九四三）年の鳥取地震以降、十九年の東南海地震、二十年の三河《みかわ》地震、二十一年の南海地震と、福井地震までの五年間に死者・行方不明者千人以上の地震が五回も連続して起きており、うち三つが戦争末期にあったことは意外に知られていない。

この五年間は日本列島の地殻の激動期だったが、戦時ということもあって国家による報道管制があったことと、戦争によるはるかに大きな犠牲者数の前に国民の意識がまひし、その実態が共有されにくかったことによるのかもしれない（小山鉄郎『大変を生きる』作品社による）。

一月十七日朝の被害状況はテレビでリアルタイムに報道され、時間の経過とともに被害状況は想像を超えるものとなっていった。ビルやマンションが傾き、阪神高速道路が倒壊し、神戸市長田《ながた》区などを中心として火災が広がり、被害はどこまでも拡大していった。最終的には死者六千四百三十四人、重傷者約一万人、被害家屋約六十四万棟という、関東大震災以来の被害となった。

天皇陛下は、朝六時半のニュースでこれを知り、まだ死者の数が七十四人などと発表されていた段階で、二月末までの私的な予定をすべて中止するよう指示された。可能な限り国民と寄り添いたいという、一般には知られない陛下の配慮として記憶に留めたい。

天皇皇后両陛下の被災地訪問が行われたのは、震災二週間後の一月三十一日のことであった。被災者のなかには不安やいら立ちを募らせる人もあり、被災二日後の村山富市首相の訪問に際しては「目線が高い」などの批判も出ていた。そんな被災地の雰囲気が厳しい中で、陛下の訪問を危ぶむ声もあったが、地元の負担を考慮し日帰りの日程で、兵庫県の西宮《にしのみや》市、芦屋市《あしや》、神戸市東灘区《ひがしなだ》、長田区、北淡町《ほくだんちょう》（現・淡路市）などの訪問が組まれた。

受け入れ側の態勢も整わぬままに、ぶっつけ本番に近い訪問であったが、そんな心配をよそに、どの被災地でも両陛下は人々と至近距離で接し、ある場合には抱きかかえ、声をかけ、子どもの頑是《がんぜ》ない答えに周囲が笑いに包まれるなど、被災地訪問が人々に与えた激励の力は予想をはるかに超えるものであったという。避難所の空気が険悪になりそうなときに「お二人のお見舞いは、バラバラになりかかっていた人々の心を和らげ、再び一つにした」と小久保正雄《こくぼまさお》北淡町長が語っている（朝日新聞社会部『祈りの旅――天皇皇后、被災地への想い』朝日新聞出版による）。

天皇陛下の一首は、この訪問の後の歌であろうか。雨の降る被災地の映像に、いまもなお戸外で暮らさねばならない人々を思いやり、その苦しみを自らの悲しみとする歌である。地震は古くは「なゐ」とも呼ばれた。

私は、両陛下の被災地訪問は被災した人々を励ますことの他に、その姿によって一般国民が天皇と繋《つな》がり、天皇を介して被災者と繋がることに意味があると考えている。

しかし、ここ阪神・淡路大震災の被災地訪問で明らかになったもう一つの大きな意味は、災害のあとどうしてもバラバラになりがちな被災者同士が、精神的にまとまる、その核としての役割を担われることにもあったのだと言えよう。

17

十七本のスイセン

この年の春燈《しゅんとう》かなし被災地に雛なき節句めぐり来《き》りて

平成七（一九九五）年　皇后

平成七年一月三十一日、阪神・淡路大震災から二週間後に、天皇皇后両陛下は被災地を訪問、お見舞いの思いを届けるとともに、被災した人々を激励された。

この震災では町のいたるところで次々に火災が起きた。いくつもの黒煙が町を覆う、すさまじい映像が全国に流れた。水道管が寸断され、道路も瓦礫《がれき》で渋滞をきたして、消火活動が妨げられた。周辺各地から応援に駆けつけた消防車も、自治体によってホースの規格が異なっていたりして、水のリレーができないなど、多くの障害が重なって被害をいっそう大きなものにしたのである。

なかでも住宅が密集していた神戸市長田区では、火災による被害が甚大であり、四千八百棟もの建物が焼失した。

両陛下は、この長田区では菅原《すがはら》市場と呼ばれたアーケード商店街に向かわれた。アーケードは骨組みだけを残し、全て焼失してしまっていた。両陛下は深く一礼され、じっと焼け跡を見ておられたが、そのとき皇后さまは女官が持参した白い箱から小さな花束を受け取ると、ひざまずいてその花束を瓦礫の上に手向けられたのである。それは十七本のスイセンであった。

神戸へ発《た》つ日の朝、皇居の堀のそばに咲いていたものを、皇后さまが手ずから摘《つ》んで、持って来られたものである。

このスイセンは地元の御蔵通《みくらどおり》と菅原通《すがはらどおり》の商店街の復興シンボルとなった。復興対策協議会の広報誌は「すいせん」と名付けられたし、皇后さまが花束をささげた場所は、のちに「すがはらすいせん公園」となり、その入り口近くにはスイセンの花束をかたどったレリーフが設置されている。

皇后さまの手向けられたスイセン自体は永久保存の技術が施され、今も「神戸布引《ぬのびき》ハーブ園」に飾られている。これが十七本であったことは、おそらく単なる偶然の一致などではあるまい。その日一月十七日を忘れることのないようにとの思いが込められた本数なのだろう。

皇后さまの一首は「雛のころに」(詞書《ことばがき》) 詠まれたものである。「被災地に雛なき節句めぐ

阪神大震災の被災者にバスの中から手話で「がんばって」と語りかける皇后。1995 年 1 月（写真　朝日新聞社 / 時事通信フォト）

り来りて」にその思いの全てが表現されていよう。常に頭を離れない被災地の状況であるが、「雛なき節句」を迎えなければならない被災地の子どもたち、その親たちの悲しみを思うとき、常には華やぐ「春燈《しゅんとう》」もいっそう悲しみを増幅するようだと詠《うた》うのである。

皇后の「ファイト」の仕草国民の想いの全てを告げてくれたり　浅井紘子

当然のことながらこの地震は、多くの国民によって歌に詠まれることになり、この一首は『阪神大震災を詠む』（朝日新聞社）という本に収録された歌である。

「皇后の『ファイト』の仕草」とは、両陛下が芦屋市の精道《せいどう》小学校などを訪れた後、バスに乗り込んだとき、皇后さまが車の窓ガラス越しに見せられた仕草《しぐさ》である。両手でこぶしを握り、それを下に何度も振り下ろす仕草をされた。「頑張って！　ファイト！」という手話のメッセージだが、それをテレビで見て作られたのが浅井さんの一首である。

国民の誰もが被災地の人々に送りたかったメッセージの全てを、皇后さまが自分たちに代わって伝えてくれたと感じたのであろう。多くの国民が、あの「ファイト」「頑張って」に、自らの思いを重ねたに違いない。

18

皇太子夫妻の中東訪問

大地震《おほなゐ》のかなしみ耐へて立ちなほりはげむ人らの姿あかるし

平成九（一九九七）年　皇太子妃雅子

阪神・淡路大震災から三日後の平成七（一九九五）年一月二十日、徳仁皇太子夫妻が、クウェート、アラブ首長国連邦、ヨルダンの中東三カ国訪問の旅に出発することになった。

なにしろ関東大震災以来の大災害の直後である。タイミングの悪い訪問であった。湾岸戦争の勃発《ぼっぱつ》などで、皇太子の中東訪問が二回もキャンセルされていた事情があり、非常事態の中で訪問の是非を十分議論する時間的余裕が政府側になかったことも、訪問中止ができなかった要因であった。

皇太子さま自身もこれは苦渋の選択であったようで「このような状況で外国に行くことは忍びない気持ち」と出発前の記者会見で表明し、帰国直前の会見でも中東訪問と、震災のはざまで「どう考えたらいいか難しかった」とも率直に気持ちを述べられた。その気持ちの反映として、当初の予定を二日短縮し帰国をするという異例の措置が取られることになった。

しかし、この中東訪問についてはやはり多くの批判が沸き上がった。

中でも評論家、江藤淳《えとうじゅん》による「皇室にあえて問う」(「文藝春秋」一九九五年三月号)の論は今次の災害への皇室の対応を正面から批判したものだった。

関東大震災では摂政宮であった裕仁親王(のちの昭和天皇)が、すぐさま一千万円を下賜され、また二週間後に東京市内を視察されたことなどと対照しつつ、この大震災にあたって「皇嗣が外国を歩いておられるとは何事であるのか」と、現皇室を批判した。

大正時代と現在では天皇の地位がまったく違うことだけをみても江藤の批判は当たらないが、何より平成の皇室及び宮内庁の対応が不十分だとの批判は、それが雑誌掲載時には天皇皇后両陛下が既に被災地を訪れられた後だったという皮肉を含めて、完全な勇み足。しかも両陛下の被災地訪問はくしくも裕仁親王の東京行啓と同じ二週間後であったし、皇太子夫妻も帰国後二度被災地を訪れている。

江藤の論に対しては、侍従の八木貞二《やぎていじ》が「阪神・淡路大震災　両陛下の15日間」(同誌一九九五年四月号)を、保守派の林健太郎《はやしけんたろう》が「皇室はよくおやりになった」(「諸君!」同月号)を書いて反論したが、ここでは江藤の天皇観に注意を向けておく必要があろう。

江藤は「苦しんでいる人々の側近くに寄って、彼らを励ますことこそ皇族の義務なのでは」と言いつつ、一方で「何もひざまずく必要はない。被災者と同じ目線である必要もない」「立ったままで構わない。馬上であろうと車上であろうと良いのです。国民に愛されようとする必要も一切ない」「しかし国民に対する義務は果たしていただかねばなりません」と言う。

ここにあるのは天皇が国民を励ますのは「義務」だとの考え方である。天皇は国民とは一線を画しつつ、威厳をもって慰撫することこそが「義務」で、同じ目線で悲しむなどはむしろ慎むべしという口吻《こうふん》が感じられる。

だが「義務」ではなく、常に国民に寄り添いたい、共に悲しみたいという、「共に」という願いこそが、両陛下が三十年をかけて確立してこられた〈象徴〉という立場への模索であったはずなのだ。

その気持ちは大震災から二年後の歌会始に、皇太子妃雅子さまの詠まれた一首にもにじみ出ている。「大地震のかなしみ」から立ち直り、復興に「はげむ」人々の表情の明るさに、何より雅子さま自身が励まされているかのようである。「義務」ではなく、悲しみも喜びも国民と共にありたいという皇室の願いがおのずから浸透し、歌のなかに自然に出たものと言えるだろう。

19

被爆地慰霊の旅

被爆五十年広島の地に静かにも雨降り注《そそ》ぐ雨の香のして

平成七（一九九五）年　皇后

いいお歌である。「広島の地」に雨が静かに降っている。その雨にはほのかに「雨の香」がすると詠《うた》うのである。

雨に雨の香がする。それ自体感覚の冴《さ》えの感じられる歌であるが、「被爆五十年」という初句がこの一首を単に感覚の歌として鑑賞することを許さない。五十年前の広島には、「黒い雨」が降ったのである。現在の静かな雨と雨の香を感じつつ、思いはおのずから五十年前の被爆へと向かう。

平成七年、一九九五年は戦後五十年の節目の年でもあった。天皇陛下は、皇太子時代から国民として決して忘れてはならない四つの追悼の日を指摘してこられた。八月十五日の終戦の日、八月六日と九日、広島と長崎に原爆が投下された日、そして沖縄で多数の民間人を巻き込んだ戦闘の終わった六月二十三日。毎年、それぞれの追悼式の行われる時刻には、お二人で黙禱《もくとう》をささげてこられた。

それをいかに大切に思ってこられたかについては一つのエピソードがある。両陛下は前年平成六年に米国を訪問されたが、それが沖縄慰霊の日と重なっていた。ちょうどサンフランシスコ市長夫妻主催の晩餐会《ばんさんかい》の始まる時刻が、日本での追悼式の時間と重なっていることに気づかれた陛下は、晩餐会の始まる時刻を遅らせてもらうよう交渉をされ、ホテルの部屋で黙禱をしてから出席されたのである。快く応じたサンフランシスコ市の対応も見事だが、これだけは譲れないという陛下の強い思いを心に留めておくべきだろう。

戦後五十年に当たり、戦争の災禍の激しかった土地を訪問したいとの強いお気持ちから「慰霊の旅」が実現した。

平成六年の東京・小笠原諸島の硫黄島にはじまり、この年はまず七月二十六日に長崎、翌二十七日に広島を訪問された。次いで八月二日に沖縄を日帰りで訪問、翌三日には東京大空襲で大きな被害を受けた墨田区にある東京都慰霊堂の訪問があった。そして十五日には日本武道館での全国戦没者追悼式に臨まれたのである。

沖縄のいくさに失せし人の名をあまねく刻み碑は並み立てり

原爆のまがを患ふ人々の五十年《いそとせ》の日々いかにありけむ

国がためあまた逝《ゆ》きしを悼《いた》みつつ平《たひ》らけき世を願ひあゆまむ

それぞれ「平和の礎《いしじ》」「原子爆弾投下されてより五十年経ちて」「戦後五十年　遺族の上を思ひてよめる」と詞書のある、いずれも平成七年の御製《ぎょせい》、天皇の歌である。天皇陛下の思いは、これらの歌に凝縮されているだろう。長崎では「恵の丘長崎原爆ホーム」を、広島では「広島原爆養護ホーム　倉掛のぞみ園」を、慰霊碑への献花のあと訪れられている。形式的なものではなく、いまも苦しみを抱えている人たちとの触れ合いをこそ大切にという願いである。

このいわば「巡礼の旅」が、すべての人々に受け容《い》れられていたわけではない。このことで戦後の幕引きをされてはたまらないという思いや、戦争責任についての言及を望む声もあり、広島では天皇訪問に反対するデモも行われた、そのような情勢のなかでの慰霊の旅なのであった。

しかし、それが幕引きとはまったく逆の思いであったことは、慰霊の旅を終えての感想として「これからも、この戦いに連なるすべての死者の冥福を祈り、遺族の悲しみを忘れることなく、世界の平和を願い続けていきたい」と述べられた一節からも明らかである。「忘れることなく」という思いは、なによりその後の両陛下の歩みが如実に物語っている。

20

「対馬丸」遭難事件

疎開児の命いだきて沈みたる船深海《しんかい》に見出だされけり

平成九（一九九七）年　天皇

太平洋戦争末期には民間人にも多くの犠牲者が出たが、なかでも最も痛ましい事件として記憶されなければならないのが、学童疎開船「対馬丸《つしままる》」の遭難事件である。

昭和十九（一九四四）年八月、対馬丸は沖縄県内の国民学校児童らを乗せて長崎に向かう途中、米潜水艦の魚雷を受けて沈没。学童約七百八十人を含む千五百人近くが死亡した。

同年七月のサイパン島玉砕を契機に「次は沖縄」と見た政府は、沖縄県下から学童を本土、あるいは台湾へ疎開させよという指令を出した。だが当時沖縄周辺の海域は、すでに米潜水艦の跳梁《ちょうりょう》する魔の海とされ、多くの親たちは子どもの疎開にしり込みした。しかし「軍艦で行く」「護衛艦も一緒だから安全だ」と半強制的に学童疎開が実施されたのである。

対馬丸は二十一日の夕方に那覇《なは》港を出港、翌日午後十時すぎに魚雷によって撃沈された。軍艦といわれていた船は、実は自転車並みの速度の貨物船であった。しかも護衛艦二隻は救助もせずに逃げてしまったとの生存者証言がある。対馬丸遭難は軍の機密とされ、厳しい緘《かん》口令《こうれい》が敷かれた。家族の問いに泣きながら「知らない」と口をつぐみ通した児童もいたという。

対馬丸の沈没した位置を特定し、引き揚げることは遺族らの悲願であったが、平成九（一九九七）年十二月十二日、実に五十三年ぶりに鹿児島県トカラ列島悪石島《あくせきじま》近海で、ついにその沈没船が確認されたのである。遺族らは直ちに引き揚げを求めたが、沈んでいるのが海底八百七十メートルと深海であり、引き揚げは困難として断念された。

天皇皇后両陛下はお二人とも疎開の経験もあり、かつ犠牲になった児童らとほぼ同じ年齢であることから、皇太子時代から、対馬丸については大きな関心を寄せてこられた。対馬丸の撃沈された日には、毎年二人で黙禱《もくとう》をされてきたという。

天皇陛下の一首は、対馬丸発見のニュースに接しての歌である。第二句「命いだきて」に、対馬丸という船が、疎開児らの多くの命を、そっくりそのまま大切に抱きかかえるように沈んだと、そうあってほしいという願いのような感情の揺曳《ようえい》を感じることができよう。

天皇皇后両陛下は後年平成二十六（二〇一四）年六月、対馬丸沈没七十年に当たり、那覇市を訪れ、慰霊碑「小桜《こざくら》の塔」に供花するとともに、対馬丸記念館を訪れ、遺族や生存者との懇談の機会を持たれた。

記念館では多くの質問をされた。「護衛艦は救助に向かわなかったのですか」「そういうときには助けないという、そういう決まりになっていたんですか」などと重ねて質問され、館長は一瞬言葉に詰まったという。

いったん戦争になれば、国民の命よりも軍備の温存を優先する軍隊があった。また、都合の悪いことには厳しい緘口令を敷いて一切他言を許さない統制があった。

両陛下が記念館を訪問された平成二十六年六月は、機密を漏らした公務員らへの罰則強化を盛り込んだ「特定秘密保護法」が前年末に成立し、さらに「集団的自衛権の行使容認」が閣議決定される直前だった。集団的自衛権の論議では、政府側から、他国の船で避難する国民を助けるためという例が繰り返し挙げられたが、最も必要なときにそれがなされなかったのが対馬丸事件でもあった。

両陛下の思いが奈辺にあったかは知る由もないが、私は個人的には、このタイミングで対馬丸に対する関心を国民に示された意味は大きかっただろうと思っている。

21

あるべき姿を模索

ことなべて御身《おんみ》ひとつに負《お》ひ給ひうらら陽《び》のなか何思《なにおぼ》すらむ

平成十（一九九八）年　皇后

平成三十（二〇一八）年の歌会始のお題は「語」であった。天皇皇后両陛下は次のような歌を詠まれた。

語りつつあしたの苑《その》を歩み行けば林の中にきんらんの咲く　天皇

語るなく重きを負《お》ひし君が肩に早春の日差し静かにそそぐ　皇后

選者として正殿松《せいでんまつ》の間《ま》で、両陛下の歌の披講《ひこう》を聞きつつ、思わず頬の緩むのを感じていた。見事な〈符合〉と言うべき二首ではないだろうか。

天皇陛下は「語りつつ」と詠《うた》い出しつつ「あしたの苑《その》」を皇后さまと歩み、偶然「きんらん」の花が咲くのを見いだしたというのである。一方の皇后さまの歌では「重きを負《お》ひし君」が自らの責任の重さを「語るなく」立っている。その肩には「早春の日差し」が静かに注いでいると詠われる。

結婚五十八年を過ぎ、なおこのようなみずみずしい相聞《そうもん》とも呼びたい歌が、互いを思いやる歌がどちらからも作られる。歌会始のあとの拝謁《はいえつ》のとき、思わず「羨《うらや》ましいです」と申し上げてしまったが、それは、そのような互いに語りあうべき伴侶を亡くしてしまった私の偽らざる思いであった。

美智子さまの歌の披講を聞きつつ、私にはすぐに思い浮かんだ歌があった。それが掲出の一首、即位十年の天皇誕生日に詠進された御歌である。

「語るなく重きを負《お》ひし君が肩」と詠われた平成三十（二〇一八）年の思いは「ことなべて御身《おんみ》ひとつに負《お》ひ給ひ」という二十年前の一首にも既に紛れもなくあらわれていた。何ひとつ愚痴を言わず苦悩を訴えかけることもなく、「うらら陽《び》」のなかにひとり立っておられる陛下の姿は、「何思《なにおぼ》すらむ」と問いかけずにはいられないほどに深い孤独の影が差していたのだろうか。

皇位という、他には誰一人代替できない重荷を一身に担って、言葉少なに歩いておられる陛下を、すぐ横で見守りながら、時にははらはらされるときもあったに違いない。

「象徴とはどうあるべきかということはいつも私の念頭を離れず、その望ましい在り方を求めて今日に至っています」とは結婚五十年に当たっての天皇ご自身の言葉である。

改めて考えてみるまでもなく、この「象徴」という言葉ほど無責任な言葉もないだろう。憲法には第一章第一条に「天皇は、日本国の象徴であり日本国民統合の象徴」と規定されている。だが憲法も政府や国会の誰も、この〈象徴〉がいかなるものか、どうすれば〈象徴〉たり得るのかについて、一切述べることをしていないのである。いわば全てを天皇という一個人に丸投げして、あとはお任せしますと言っているに等しい。

〈象徴〉として初めて即位されたのが平成の天皇であるが、天皇が直面せざるを得ない現実は、誰も規定しない〈象徴〉という役割を独り引き受け、歩みながら、そのあるべき姿を模索し、手探りでその規定を行うという作業であった。

そんな天皇陛下の難事業をすぐ横でいつも見てこられたのが皇后さまだった。自分のやっていることをしっかり見てくれている人間がたった一人でもいてくれれば、それに耐え、それを力に変えることができるというのも真実であろう。

「皇后は結婚以来、常に私の立場と務めを重んじ」「何事も静かに受け入れ、私が皇太子として、また天皇として務めを果たしていく上に、大きな支えとなってくれました」とは、やはり結婚五十年にあたっての天皇ご自身の言葉であった。

22 ブラジル訪問

赤土のセラードの大地続く中首都ブラジリア機窓に見え来《く》

平成九（一九九七）年　天皇

平成の天皇皇后両陛下が、皇太子皇太子妃として初めてブラジルを訪れたのは昭和四十二（一九六七）年のことであった。ブラジルは日本からの移民の最も多い国であるが、移民船「笠戸《かさど》丸《まる》」で初めて正式に移民が開始されたのが、明治四十一（一九〇八）年。百十年にわたる歳月の間に日系人は増え続け、今や約百九十万人にもなっているという。

昭和四十三年歌会始のお題は「川」だったが、両殿下はそろってブラジル訪問を詠んでおられる。

この水の流るる先はアマゾン河口手をひたしみるにほのひややけし

赤色土《テラ・ロッシャ》つづける果ての愛《かな》しもよアマゾンは流れ同胞《はらから》の棲《す》む

皇太子明仁

皇太子妃美智子

皇太子の、アマゾンの河口に近い水量の多い川に「手をひたしみる」という表現は、巧まずしておのずからなる若さが出ていようし、美智子妃の「赤色土《テラ・ロッシャ》つづける果て」は機上からの嘱目《しょくもく》であろうが、初めて見る光景への驚きがほの見える。

第一回の訪問当時、首都ブラジリアはまだ建設途上で、一面の赤土の大地の中に多くの建物がいまだ建設中であったという。掲出の天皇陛下の一首は、そんな赤土の続く大地のかなたにすっかり首都としての風格を備えるようになったブラジリアの現在を見つつ、三十年という時間の過ぎゆきに対する感慨でもあろうか。

両殿下は初訪問から十一年後の昭和五十三(一九七八)年、今度は移民七十周年を祝う式典出席のため再びブラジルを訪れた。

日の本の血を引く人の埋め尽す式は高鳴るブラジルの空

皇太子明仁（昭和五十三年）

昭和四十二年も、同五十三年も現地の日系人からの大きな歓迎を受け、日系人の七割が集中するというサンパウロでは二回ともサッカー場のスタンドを埋め尽くす人々が両殿下を歓迎したという。歌はその圧倒的な「日の本の血を引く人の埋め尽す」さまへの素直な感動を伝える。

この第二回目の訪問での記者会見に次のような一節がある。

日系人は「日本の血をひいたブラジル人」であるということをしっかり心にとめ、彼らが「日本人とお互いにどこかで結びつき、そしてそれがお互いの喜びであるというような関係でありたい」と述べ、さらに「これはあるブラジルの二世がいっているのを読んだのですが、ブラジルではいろんな顔があるが、日本へ来ると一律の顔になる。日本人としては日本の顔をした人は親しみやすく、日系人がブラジル人であることを忘れやすいと。日本人の方は日系人がブラジル人であることをしっかり認識する必要がある」とも述べられた。

日本にいれば日本人、ブラジルにいればブラジル人と、この島国にいる人々は短絡しやすいが、日系人という複雑な立場への理解と、そのような人々への懇《ねんご》ろな視線が感じられる言葉であろう。

三度目のブラジル訪問のあと、平成十一（一九九九）年には東京・九段《くだん》で「第四十回海外日系人大会」が開かれた。その折の天皇陛下のお言葉は大切である。

近年中南米諸国から多数の日系人が就労のために我が国に滞在するようになりました。かつて我が国からの移住者がこれらの国々で受け入れられてきた歴史を顧み、我が国においてこれらの日系の人々が温かく迎えられることを切に望んでやみません。

先の発言とも相まって、日系人を紛れもない同胞という意識で捉えられた行き届いた警鐘であろうと私は思うのである。

23　全国植樹祭と琉歌

弥勒世《ミルクユ》よ《ユ》願て《ニガティ》揃りたる《スリタル》
人たと《フィトゥタトゥ》戦場《イクサバ》の《ヌ》跡に《アトゥニ》松よ《マツィユ》植ゑたん《ウィタン》

平成五（一九九三）年　天皇

天皇皇后両陛下において国事行為以外に公的行事と位置づけられているもののうち、地方へのご訪問を伴うものに全国植樹祭、国民体育大会、全国豊かな海づくり大会への出席がある。天皇陛下は毎年この三つの行事における感慨を歌として発表してこられた。

このうち植樹祭と国体は昭和天皇の時代から続くものであるが、豊かな海づくり大会は昭和五十六（一九八一）年に大分県で開催されて以来、当時の皇太子皇太子妃が出席し、天皇即位後もお二人の出席のもと続いている。平成三十（二〇一八）年までに植樹祭は六十九回、国体は七十三回、豊かな海づくり大会は三十八回を数え、いずれも伝統と言ってもいいほどの長さを誇る行事である。

全国植樹祭は、大日本山林会の提唱で昭和八（一九三三）年に定められた「愛林日」が前身だった。昭和二十三（一九四八）年、東京都青梅《おうめ》町（現青梅市）において、初めて昭和天皇と香淳《こうじゅん》皇后によって植樹が行われ、それが現在に続いている。

当時、戦後復興に向けた建設が急務で、森林の伐採が加速、山の荒廃による災害が頻発する状況があった。そのような状況に対処するため全国植樹祭（当時は愛林日植樹行事と呼ばれた）が行われるようになったのである。平成三十（二〇一八）年は六月十日に東日本大震災の被災地・福島県で行われた。

平成五（一九九三）年四月に沖縄県糸満市で開催された第四十四回全国植樹祭は、沖縄の復帰二十周年記念事業として位置づけられるものであったが、一方でこの年の植樹祭をもって、全国の都道府県を一巡することになるという意味でも記念すべき回となった。

天皇陛下は「（先の戦争で）多くの尊い命が失われた、ここ糸満市では、森林が戦火によってほとんど消え去りました。戦後、県民の努力により、森林を守り育てる様々な運動が進められていることを誠に心強く感じております」と挨拶《あいさつ》で述べられたが、その記念の植樹祭を詠まれた歌が、掲出の一首である。

これは短歌ではなく沖縄地方の方言を用いた琉歌《りゅうか》である。琉歌は八・八・八・六音を基調とする歌であるが、陛下は皇太子時代から独学で琉歌を作り始められたという。

沖縄返還前の昭和四十四（一九六九）年、皇太子は沖縄学の権威、外間守善《ほかましゅぜん》から沖縄に関するご進講を受けられた。なかでも沖縄の古歌謡を集めた「おもろさうし」に興味を持たれ、そのなかにある琉歌を独自に研究されたようである。

昭和四十七年に沖縄が返還されたのち、初めて訪問されたのが昭和五十年であった。その折には「ひめゆりの塔事件」が起こった。そんな事件があったにもかかわらず、ご訪問のあと、外間にご自身の琉歌二首をお見せになったという。

花よおしやげゆん《ハナユウシャギユン》 人知らぬ《フィトゥシラヌ》 魂《タマシイ》 戦《イクサ》 ないらぬ世よ《ネラヌユユ》肝に《チムニ》願て《ニガティ》

そのうちの一首だが、「花を捧げましょう　人知れず亡くなった人びとの魂に　戦争のない世を　心から願って」という意味になろう。外間も驚くほど、見事な古典琉歌の作法通りに詠まれた歌であったという。

皇太子時代から一貫して沖縄の悲劇とその人々へ心を寄せ続けてこられた陛下は、天皇として初めての沖縄訪問になる全国植樹祭にもやはり琉歌を詠まれたのである。掲出の琉歌は「豊かな世を願いつつ　ここに揃い集まってきた人びとと共に　激しい戦いの跡地に　琉球松を植えたよ」という意味になろうか。

天皇陛下ご自身の作になる琉歌は、すでに十分一冊の歌集となるほどの数になっているという。

24

声なき声を思う

語らざる悲しみもてる人あらむ母国《ぼこく》は青き梅実る頃

平成十（一九九八）年　皇后

平成十年五月二十三日から六月五日まで、天皇皇后両陛下はポルトガル、英国、デンマーク三国を訪れた。

お二人そろっての英国公式訪問は、皇太子皇太子妃としての昭和五十一（一九七六）年、五十六年に続いて、三度目となった。

しかし今回は天皇皇后としては初めて、正式な国賓としての訪問である。この決定後、英国では大きな反響があり、特に旧日本軍の捕虜となった人たちの団体からは抗議活動が俄然《がぜん》活発になった。

第二次世界大戦中、旧日本軍はビルマ（現・ミャンマー）インド侵攻作戦（インパール作戦）のため、タイからビルマ国境までの泰緬《たいめん》鉄道（四百十五キロ）建設を急いでいた。この鉄道建設に英国・オーストラリア兵らの捕虜約六万人とアジア人労働者を徴用し、一年数カ月の短期間で一九四三年に完成させたのである。

だがこの間、病気、虐待などで捕虜約一万二千人が死亡したと言われ、泰緬鉄道は「死の鉄道」とも呼ばれることになった。特に映画「戦場にかける橋」で有名なクワイ川鉄橋から約百キロ、ビルマ国境まで二十キロの山間部の最難所では作業が夜を徹して突貫で行われ、そのランプの灯から「地獄の火（ヘルファイアー）」とも呼ばれた。「クワイ河マーチ」は私の子ども時代、運動会などの定番であった。その軽快な曲がどんな背景を持っていたのかを知る由もなく行進していたが、映画「戦場にかける橋」の主題曲だと知ったのはずいぶん後になってからのことだった。

映画は日英双方の将校たちのプライドをかけた戦いと、捕虜たちの過酷な労働、そして最後には橋が爆破されるまでの物語であったが、その主人公でもある元英国軍捕虜は、まだ多くが健在で、彼らが一斉に抗議に動いたのである。エリザベス女王と両陛下のパレードの沿道には数百人とも報じられた元捕虜たちが勲章をつけて並び、車列が近づくとみんなが後ろを向いてブーイングや「クワイ河マーチ」を口笛で吹くなど抗議の意志を表したという。メディアでも大きく報じられ「われわれの抗議は天皇に向けたのではなく、日本政府に向けた

天皇皇后のパレードの際、沿道で馬車列に背を向け抗議する元日本軍捕虜の英国人たち。1998年5月、イギリス・ロンドン（写真時事）

ものだ」などの抗議者の声も伝えられた。

エリザベス女王・フィリップ王主催の晩餐会《ばんさんかい》では、天皇陛下は「捕虜」の言葉こそ使われなかったが、第二次世界大戦で損なわれた両国関係に触れながら「戦争により人々の受けた傷を思う時、深い心の痛みを覚えますが、この度の訪問に当たっても、私どもはこうしたことを心にとどめ、滞在の日々を過ごしたいと思っています」と述べ、捕虜として苦難を強いられた人々への率直な思いを表明された。

皇后陛下の掲出歌は英国でのこのような抗議行動を目の当たりにされ、「かつて『虜囚』の身となりしわが国人の上しきりに思はれて」（詞書）詠《うた》われた御歌《みうた》である。シベリアをはじめ、レイテ島など多くの捕虜収容所で苦難の日々を送ったり非業の死を遂げたりした旧日本軍の捕虜も多くいたはずである。

しかしいま目の前で展開しているような元捕虜たちが声をあげて抗議する姿を、日本では見ることもない。そのような「語らざる悲しみもてる」人々の、声なき声に静かに思いを寄せるのが皇后さまの一首である。「生きて虜囚《りょしゅう》の辱《はずかしめ》を受けず」（戦陣訓）など、捕虜となることを厳しく戒められていた日本軍にあって、投降することなく戦死あるいは自死、玉砕などの死を択《えら》んだ人々へも、思いは飛んでいただろうか。

時あたかも「母国《ぼこく》は青き梅実る頃」、五月終わりの季節であった。

25　昭和天皇をしのぶ

父君の思出《おもひいで》おほき大相撲年の始めの土俵に見入る

平成十一（一九九九）年　天皇

戦後まもなく生まれた私たちの世代にとって、昭和天皇は第一に大相撲と結びついていたような気がする。終戦の詔は実際には聞いたことはなかったし、テレビで目にするのは野球の天覧試合よりは天覧相撲のほうが多かっただろう。帽子を頭から少しあげた状態で軽く振りながら着席され、身を乗り出すように大相撲の観戦をしておられた姿が目に残っている。

実際に昭和天皇の相撲好きは有名であり、戦後、初めて国技館で大相撲をご覧になったとき、

久しくも見ざりし相撲《すまひ》ひとびとと手をたたきつつ見るがたのしさ

昭和天皇（昭和三十〔一九五五〕年）

という歌も作られている。今この御製は国技館に歌碑として残っている。

平成の天皇も昭和天皇を引き継ぎ、大相撲の観戦をされているが、掲出の一首では、国技館で大相撲初場所を観《み》るとき、昭和天皇の思い出の数々が蘇《よみがえ》ってくると詠われている。

昭和天皇の崩御は昭和六十四（一九八九）年一月七日のことであった。十二指腸乳頭周囲腫瘍により、前年秋より大量出血が続き、連日マスコミ報道がなされ、国全体に自粛ムードが広がっていた。


父君を見舞ひて出づる晴れし日の宮居の道にもみぢばは照る

天皇（平成二年）

セキレイの冬のみ園に遊ぶさま告げたしと思ひ醒《さ》めてさみしむ

皇后（平成元年）

いずれも昭和天皇が亡くなったのちに発表された歌である。「天皇陛下ご重体」として、国中に緊張感が漂っていた日々のなかで、時の皇太子は何度も昭和天皇を見舞われたのであろう。

重篤《じゅうとく》の父君と時間を過ごし、閉ざされた病室から紅葉（黄葉）の散る宮居の道に出たときの眩《まぶ》しいような外界の明るさを詠まれている。その世界の輝きは、病室に病人を置いて帰ろうとする家族にとっては、かえって酷《むご》く辛《つら》い明るさとして感じられていたに違いない。

皇后さまの一首は、亡くなって後の寄る辺ない寂しさが詠われている。「冬のみ園」にセキレイが遊んでいたといった、ごくたわいのない些事《さじ》をこそ、身近な大切な人には告げたいものである。「告げたしと思ひ醒《さ》めてさみしむ」には、夢では告げようと思いつつ、目が覚めてみると、その告げるべきお方がもはや居られないことに気がつき、一層の寂しさを痛感されたというものであろう。

告げたいと思う相手が、日本国の天皇であるというのは確かに特殊な事情ではあるが、告げる人がいないということによって家族の死を実感するという、もっとも普遍的な家族の死の受容の仕方、その悲しみのあらわれ方を、この一首に見て、むしろほっとする国民も多いのではないだろうか。

天皇陛下は折に触れて昭和天皇について述べてこられたが、平成五（一九九三）年の天皇誕生日の会見では「昭和天皇のことに関しては、いつも様々に思い起こしております」「昭和の初めの平和を願いつつも、そのような方向に進まなかったことは、非常に深い痛みとして心に残っていることと察しております」と述べられた。

実にさりげない言葉であるが、昭和の初めの、時代が天皇のコントロールの利かない方向、すなわち戦争へとなだれ込んで行った轍《てつ》を踏《ふ》むことがあってはならないとの決意が、このさりげないお言葉におのずからうかがわれる。

26

―昭和天皇、研究への情熱

雑草といふ草はあらずといひたまひし先《さき》の帝《みかど》をわが偲ぶなり

平成十三（二〇〇一）年　常陸宮《ひたちのみや》妃華子《はなこ》

昭和天皇の言葉として「雑草という名前の草はない」との意味の言葉は有名だ。実際には侍従長であった入江《いりえ》相政《すけまさ》編の『宮中侍従物語』（角川文庫）に出てくるエピソードである。

昭和天皇と香淳皇后が那須の御用邸で夏を過ごし、帰ってこられる。その前に吹上《ふきあげ》御所の前の庭草を刈ってしまおうということになった。建物周辺の草をきれいに刈り取っておいたところ、帰ってこられた昭和天皇からのお召しがあり「どうして庭を刈ったのかね」とのお言葉。侍従がとっさに「雑草が生い茂ってまいりましたので」と答えると、「雑草ということはない」「どんな植物でも、みな名前があって、それぞれ自分の好きな場所で生を営んでいる。人間の一方的な考え方でこれを雑草としてきめつけてしまうのはいけない。注意するように」とお叱りを受けたのだという。

植物の分類研究をライフワークとしておられた昭和天皇らしい言葉である。実はこの言葉は、やはり植物学者の、牧野《まきの》富太郎《とみたろう》が言ったのが最初なのだそうだが、これをここまで有名にしたのはやはり昭和天皇の力が大きいだろう。

野の道を歩いている。いろんな草花があっても、名を知らないものが大多数だ。名を知らないと、それら一本一本はそらぞらしく、興味を引くこともない。

しかし、なかに一つでも名を知っている草花があると、景は一気に親しみの表情を見せるものである。自然や風景の豊かさを感じる瞬間でもある。名を知ることは、それを個別に識別することであり、その認識によって自然は私たちと昵懇《じっこん》になる。世界とはそのように向かい合いたいものだ。

常陸宮妃華子さまの歌は昭和天皇のこの言葉を思い出しながら、そのことによって「先《さき》の帝《みかど》」を偲《しの》ぶのである。先帝という一般名詞がただ一つの対象へ収斂《しゅうれん》する稀有《けう》な例でもある。

昭和天皇のご研究は、腔腸《こうちょう》動物のなかでも進化が原始的なヒドロゾアから始まった。陸上の生物としては、腐った木などに生育する変形菌の研究から植物一般にも及び、膨大な標本を資料として残されるとともに、三十冊にも及ぶ単著、共著などの研究書が出版された。

なかでも最後の著となった『皇居の植物』（保育社）は昭和六十三（一九八八）年秋以降、下血が続く病床にありながらも、原稿の吟味や追加など、息を引き取る直前まで著書への情熱は衰えることはなかったという。研究者としての情熱と矜持《きょうじ》の感じられるエピソードである。

昭和天皇の研究への志向と情熱は、平成の天皇のハゼ類を対象とする魚類学へと受け継がれ、令和の天皇の水による交流史、秋篠宮の淡水魚の系統分類学へと受け継がれている。また常陸宮殿下は長く日本癌学会で活動をされ、現在、がん研究会の名誉総裁も務められている。もう三十年以上も前だが、私自身まだ癌学会で活動をしていたころ、学会でよくお見かけした。

癌学会では一般会員と全く同じように、コーヒーブレークの列に並ばれ、一度はたまたま私の後ろに並ばれたこともあった。学問の世界では皇族であっても一研究者には違いないから、特別な配慮はなく、私も順番は譲らなかったが、とても爽やかな光景であった。

昭和天皇から平成の天皇を経て、令和の天皇、秋篠宮まで三代にわたって引き継がれてきている学問、研究を大切にし、かつ自らもそれに関わっていかれるという皇室の伝統は、わが国の「知」に対する尊敬の基盤として大切な役割を担ってきたはずである。

27　アフガニスタン訪問

知らずしてわれも撃ちしや春闌《た》くるバーミアンの野にみ仏在《ま》さず

平成十三（二〇〇一）年　皇后

複雑な人間心理の奥を詠まれた一首である。

宮内庁からのこの御歌《みうた》に対するコメントには「春深いバーミアンの野に、今はもう石像のお姿がない。人間の中にひそむ憎しみや不寛容の表れとして仏像が破壊されたとすれば、しらずしらず自分もまた一つの弾《たま》を撃っていたのではないだろうか、という悲しみと怖れの気持ちをお詠みになった御歌」とある。行き届いた解説であるが、今となってはこの歌の背景には説明が必要だろう。

アフガニスタンの首都カブールから西北西へ百二十キロほど行くと、バーミアンと呼ばれる渓谷があり、一世紀ごろから作られたという千窟《くつ》もの石窟仏教遺跡があった。二十世紀に入って、そのおびただしい仏像彫刻や仏教美術が、一躍世界の注目を集めることになった。特に偶像崇拝を否定するイスラム教徒によって顔を削《そ》がれた大仏などは、写真を通じて世界にもよく知られていた。

昭和四十六（一九七一）年、時の皇太子皇太子妃は、初めてアフガニスタンを訪問された。カブールだけでなく、三日間の地方の旅にも出かけ、かつてジンギスカンが孫を殺されたことを怒り、人々を皆殺しにしたという〈幽霊の町〉シャーリ・ゴルゴラの丘に登られたりもしたが、バーミアン訪問は大切な目的地であっただろう。

バーミアンの月ほのあかく石仏《せきぶつ》は御貌《みかほ》削がれて立ち給ひけり

皇太子妃美智子（昭和四十六年）

この歌が入った歌集『瀬音』のあとがきには元女官長松村淑子《まつむらよしこ》が「このバーミアンで、両陛下は丘の上のテント（パオ）にお泊りになったのですが、この夜バーミアンの村人たちは、美しい星空を両陛下にお見せしたいと、一時《いっとき》、住居の明かりを一斉に消してくれたのでした。河鹿《かじか》の声のしきる、美しい一夜でございました」と記している。

「バーミアンの月」のもと、異教徒たちに顔を削がれながらも、しかし今も悠然と立っておられる大仏の姿に美智子さまは尊厳と慈悲の思いを深くされたのかもしれない。

そんな三十年前の大切な記憶を持っておられた美智子さまに、平成十三年の、タリバンによる大仏の爆破は、殊のほか強い衝撃を与えたことであろう。

一九七九年のソビエト連邦によるアフガニスタン侵攻、続く内戦を経て、一九九六年にはアフガニスタンはタリバンによって占領されることになった。そして二〇〇一年二月末に、タリバンはイスラムの偶像崇拝禁止に反するとしてバーミアン石仏の破壊を宣言したのである。

国連をはじめ、各国は一斉にそれに反対したが、タリバンは三月十二日、西大仏、東大仏の二つの大仏を爆破してしまった。さらにその破壊の映像が世界に流され、大きな衝撃を与えることになった。美智子さまの御歌は三月、その事件直後に詠まれたものと思われる。

タリバンを批判することはたやすい。しかし一方で自分たちはアフガニスタンの民のために何をしてきたのだろう。アフガンでは何万人とも何十万人ともいわれる、多くの子どもを含めた人々が、飢えに苦しみ、そのために命を落としている。世界はそれらに対して、決して十分な援助をなしてきたとは言えない。仏像破壊ばかりに世界は騒いでいるが、その破壊に手を貸しているのは、ひとりひとりの〈無関心〉ではなかったのかと、ひそかに自問されているのが、美智子さまの一首ではなかっただろうか。この一首から、私にはそんなことが思われるのである。

第三章　病を乗り越える

28

おじいちゃんとおばあちゃん

年まさる二人の孫がみどり児に寄りそひ見入る仕草愛らし

平成十四（二〇〇二）年　天皇

平成十四年の歌会始のお題は「春」であった。そこに皇太子妃雅子さまは次の一首を詠進された。

生《あ》れいでしみどり児のいのちかがやきて君と迎ふる春すがすがし

皇太子夫妻に長女敬宮愛子《としのみやあいこ》さまが誕生したのは、前年の平成十三年十二月一日。産後の養生などを考えると、翌年の歌会始に詠進するにはぎりぎりのタイミングだと思われるが、初めて子を得た喜びは何にも増して詠《うた》いたい対象であったことだろう。

生まれたばかりのかがやくいのちは、それ自体大きな喜びではあろうが、それを「君と迎ふる」ことができる、共に喜んでくれる「君」という存在が傍らにいるということが、喜びをさらに大切なものにしてくれると、この一首はさりげなく詠ってもいる。

その喜びの共有は、伴侶だけではなく、天皇皇后両陛下においても同じである。掲出の一首は、秋篠宮家の二人の内親王、眞子《まこ》さま、佳子《かこ》さまが生まれたばかりの愛子さまを眩《まぶ》しそうに見ている景だ。ちょっと頰を突っついたりしたのかもしれない。二人の孫と今また新しいいのちを得た三人目の孫、それらが自分と同じ場に居てくれるという、その単純が「おじいちゃん」を喜ばせるのである。

天皇という立場上、陛下にはいわゆる「晴《はれ》」の歌が多いが、時おりふと漏れたかのような、こんな「褻《け》」の歌を目にすることで、私たちは天皇家というものを、より身近な存在として感じることができる。歌の効用の一つでもあろう。

平成十四年の誕生日の、皇室記者への文書回答で、皇后さまは「数年前から、時々『妹が欲しい』といっていた秋篠宮家の次女の佳子が、敬宮と一緒になりますと、今まで姉の眞子が自分にしてくれていたのと同じように、優しく敬宮の相手をしている様子も可愛く思います」と答えられている。ここにはまた、歳の違う孫たちのそれぞれの所作に目を細めている、見事に普通の「おばあちゃん」がいる。

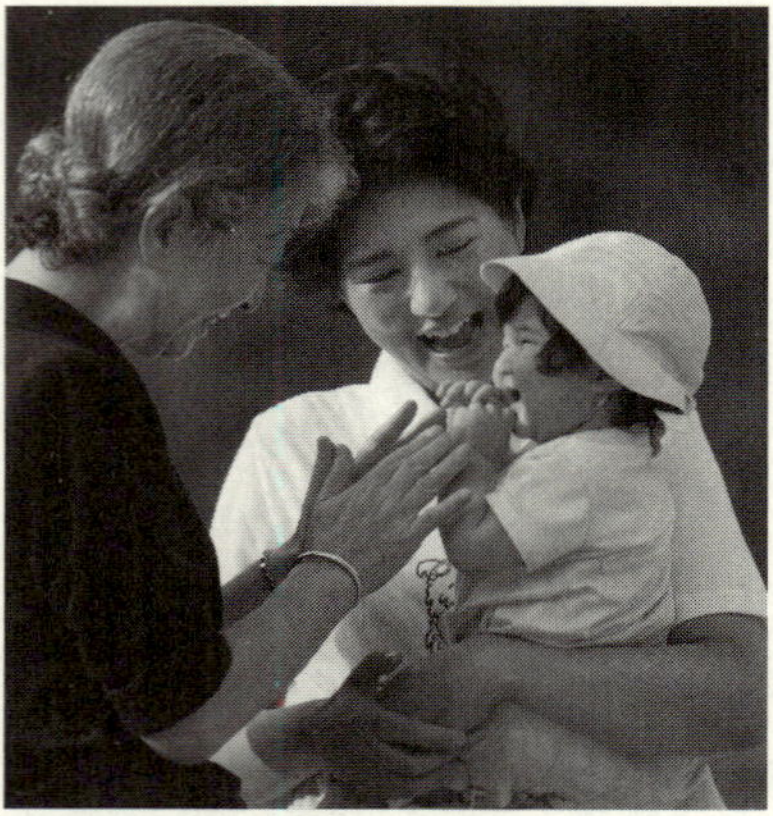
母雅子さまに抱かれた愛子さまに話しかける皇后。2002年8月、静岡県下田市（写真　ロイター／アフロ）

本書の第一章4「新たな家族像」で、私は平成の天皇の大切な足跡として、昭和、平成の時代を通じて「皇太子ご一家」「天皇ご一家」というファミリー像が国民のあいだに浸透し、自分たちと変わることのない家庭がそこにもあるのだと実感できるようになったことをあげた。子育てにおいて〈普通〉を目ざされた両陛下であったが、孫たちとの関わりにおいてもまた、どの家庭にも見られる微笑《ほほえ》ましさとしてそれがあらわれてくることが、天皇家への親密な思いを自然に醸し出すことになるのであろう。

いとしくも母となる身の籠《こも》れるを初凩《はつこがらし》のゆふべは思ふ
初《うひ》にして身ごもるごとき面輪《おもわ》にて胎動《たいどう》を云ふ月の窓辺《まどべ》に

皇后（平成十三年）

皇后（平成十八年）

一首目は愛子さま誕生直前の雅子さまを、二首目は悠仁《ひさひと》さま誕生直前の紀子さまを詠まれたものである。初めての出産を不安にも思いつつ、ひっそりと籠《こ》もるように居るのであろう雅子妃、三度目ながら何故《なぜ》か初めてのような気がするといった面持ちの紀子妃、いずれも世間で言えば嫁姑《よめしゅうとめ》という関係ではあろうが、出産を間近に控えた存在への、心配りが懇ろな歌である。皇子《みこ》の妃《きさき》の出産を案じつつ、心待ちにするといった歌が詠まれたことは、これまでの皇室の長い歴史のなかでもほとんどないことであったに違いない。

29
三宅島噴火

これの地に明日葉《あしたば》の苗育てつつ三宅の土を思ひてあらむ

平成十四（二〇〇二）年　皇后

三宅島《みやけじま》は伊豆諸島の一つ、東京の南海上百七十五キロにある東京都の島であるが、古くより島の中心雄山《おやま》が噴火を繰り返してきたことでよく知られている。

平成十二（二〇〇〇）年六月、三宅島では地震活動が活発化し、それに連動する形で、雄山に噴火の兆しが見え始めた。

最初に噴火が確認されたのは、島の西沖合の海底噴火であったが、七月に入って今度は雄山の山頂で噴火、その後噴火と地震が間歇《かんけつ》的に島を見舞い、八月十八日には噴煙が一万四千メートルにも達する最大規模の噴火が起こった。火砕流や泥流の危険性のため、九月一日、三宅村はついに全島民に避難指示を出すに至った。

九月四日の午後、東京行きの定期船が最後の住民を乗せて出港。役場の職員やライフラインの維持に当たる防災関係者数百人を残して、人口約三千八百五十人の全島民の避難が完了した。

多くの島民は東京都の八王子《はちおうじ》市や、あきる野市、多摩市などの公営住宅に入居することになったが、避難指示が解除され、帰島が許される平成十七年二月まで、四年を超える避難生活を強いられるようになるとは、この時誰が想像できただろうか。

天皇皇后両陛下による、三宅島避難民に対する励ましは、その間ずっと続くことになった。まずその年の十二月には、皇后さまが、子どもたちが滞在している全寮制の都立秋川《あきかわ》高校を訪ねられ、その後も御料牧場の牛乳から作ったアイスクリームなどを差し入れるなど支援が続いた。

火山灰ふかく積りし島を離《はな》れ人らこの冬をいかに過さむ

天皇（平成十二年）

不自由な避難生活、ある場合には子どもたちと離れて暮らす島の人々を思って、早い段階で天皇陛下はこの一首を作っておられた。暖かい三宅島から、寒風の吹きさらす関東平野での生活を思いやっての歌でもあろう。

平成十三年の七月には、両陛下は、三宅島の近くの新島《にいじま》と神津島《こうづしま》を訪ねたあと、三宅島の上空をヘリコプターで視察。翌年には島民の支援のため、八王子市に作られた「げんき農場」を訪れられた。

「げんき農場」は、都住宅供給公社の所有する約三万平方メートルの土地を使って作られ、東京ドーム約三分の二の広さに、島の特産農作物の栽培が行われていた。

避難を強いられている人々の雇用確保、帰島後すぐに農業を再開できるようにという目的もあったが、働くことによってみんなの表情が明るくなったという声があったように、避難生活の寄る辺のなさを癒やす術《すべ》でもあったのだろう。

掲出の皇后さまの一首は、その訪問の折の御歌《みうた》である。島特産の里芋や明日葉《あしたば》が栽培されていたが、その明日葉の苗を見つつ、今も尚《なお》、帰れぬ島を島民はどのように思いやっているのだろうと、推し量っておられるのである。

四年半近くもの避難生活は、平成十七（二〇〇五）年二月の帰島をもって一応終わりを告げる。両陛下は早速その翌十八年、三宅島を訪れて、島の人々とその喜びを分かち合われた。


ガス噴出未だ続くもこの島に戻りし人ら喜び語る

天皇（平成十八年）

この三宅島の人々への励ましに限らず、両陛下の被災者へ寄り添うという行為は、決して一回限りのものではない。人々が苦しんでいるあいだは可能な限り、彼らとともにありたいという思いが強く感じられる。それは天皇としての「義務」というものからは、もっとも遠い行為なのである。

30

長崎原爆忌——語り継ぐことの大切さ

かなかなの鳴くこの夕べ浦上の万灯《まんどう》すでに点《とも》らむころか

平成十一（一九九九）年　皇后

前にも書いたことだが、天皇皇后両陛下が、どこにあっても決して黙禱《もくとう》を欠かさない大切な日が四つある。八月六日、九日の広島、長崎への原爆投下、十五日の終戦、それと沖縄戦の終わった六月二十三日である。

美智子さまの御歌《みうた》には「長崎原爆忌」と詞書《ことばがき》がある。その日の朝も原爆投下の午前十一時二分に合わせて、お二人で黙禱を捧《ささ》げられたのだろう。かなかなの鳴き沈むような声を聞きながら、今ごろは「浦上の万灯《まんどう》」にも灯《ひ》が点るころでしょうかと、長崎を訪問された折のことをしみじみ話しあわれたのだろうか。

この年、平成十一年は、天皇即位十年にあたる年であるが、その会見で陛下は、力を込めて次のように述べられた。

先の大戦が終わってから五十四年の歳月が経ち、戦争を経験しなかった世代が二代続いているところも多くなっています。戦争の惨禍を忘れず語り継ぎ、過去の教訓をいかして平和のために力を尽くすことは非常に大切なことと思います。特に戦争によって原子爆弾の被害を受けた国は日本だけであり、その強烈な破壊力と長く続く放射能の影響の怖ろしさを世界の人々にもしっかりと理解してもらうことが、世界の平和を目指す意味においても極めて重要なことと思います。

戦争を知らない世代が多くなっているからこそ、「戦争の惨禍を忘れず語り継ぎ、過去の教訓をいかして平和のために力を尽くすこと」の大切さに言及しておられるところに注意をしておくべきだろう。

平成十九（二〇〇七）年には「原子核物理学国際会議」の開会式でお言葉を述べられることになった。この分野の物理学の輝かしい発展が社会に与えた恩恵に触れつつ、一方で「この同じ分野の研究から、大量破壊兵器が生み出され、多くの犠牲者が出たことは、誠に痛ましいこと」とまで言及し、広島、長崎のような「悲劇が繰り返されることなく、この分野の研究成果が、世界の平和と人類の幸せに役立っていくことを、切に祈る」と結ばれた。

同様の踏み込んだスピーチは原爆とは関係のない「国際実験血液学会総会」(平成十三年)などでもなされている。「当時治療法も無く、苦しみの中に次々と命を落としていった」原爆犠牲者を思う時、「国際実験血液学会が、今日、放射線障害に対する治療にも大きな成果を収めていることに改めて深い感慨を覚えます」と述べられたのである。この分野の研究者が白血病をはじめとする原爆後遺症に無関心であってほしくないとの願いであろう。


平《たひ》らけき世に病みゐるを訪れてひたすら思ふ放射能のわざ

天皇(平成元〔一九八九〕年)

「広島赤十字・原爆病院」という詞書を持つ御製《ぎょせい》である。両陛下は、被爆によって深刻な後遺症に苦しむ人々に早くから接してこられた。原爆犠牲者やその後遺症を常に念頭に置いてこられたのは、そのような体験にもよることだろう。

このように陛下はあらゆる機会を捉えて、平和の尊さ、戦争の愚かしさとともに原爆の脅威を、国民に、そして世界に訴え続けてこられた。これらは主催者側が期待した挨拶からはかなり踏み込んだ内容になっていたはずである。

「原子核物理学国際会議」の挨拶について、元侍従長の渡邉允は「内外の学者から感動したという反響があり、その中には、科学の研究に携わる者にとっての初心、あるいは、日頃忘れている科学者としての心構えをあらためて呼び覚まされたという人もありました」（『天皇家の執事』）と指摘している。

31

皇太子の英国留学――つかの間の自由

オックスフォードのわが学び舎に向かふ時ゆふべの鐘は町にひびけり

平成十五（二〇〇三）年　皇太子徳仁

一九八四年から二年間、私は米国国立がん研究所で客員准教授として働いていた。八五年十月のある夕べ、ワシントンDCのケネディセンターで小澤《おざわ》征爾《せいじ》指揮のボストン交響楽団の演奏会があるというので聴きに出かけた。

途中休憩の前だっただろうか、全員が立ち上がって拍手を始めた。ステージの小澤征爾にではなく、皆が後ろを見上げ拍手をしていたその先には、徳仁親王浩宮さまがにこやかに手を振っておられた。一九八三年から八五年にわたる、英国オックスフォード大学での留学を終えての帰途、米国に立ち寄られたのであった。

世界で活躍する小澤征爾が舞台に立ち、その小澤とともに、客席の全員が拍手で日本の次の皇太子を迎える。私自身がアメリカという異国で、どこか世界と対峙《たいじ》するような気負いを持って仕事をしていたからだろうか、この拍手に強い誇らしさを感じたことだった。

浩宮さまはオックスフォードのマートン・カレッジの大学院に入学され、十八世紀におけるテムズ川の水運について研究されることになった。留学生活については『テムズとともに英国の二年間』（学習院総務部広報課）に淡々と、しかしいきいきと語られている。

異文化の中で体験するわくわくするような見聞が行間から溢《あふ》れるように伝わってくる。ほほえましい失敗談もいくつも紹介されている。まずアイロンを買ってきて初めてのアイロンがけをしたなどはなるほどと思うが、案の定、寮の地下の洗濯機に洗濯物を詰めすぎ、あたりに泡を溢れさせて寮生仲間からあきれられたなどは、さもありなんというところか。

一方、到着してすぐの仮の宿舎が大使公邸であったり、エリザベス女王と歓談の機会を持ったり、女王陛下の武官の広大な家に、三カ月の英語学習のためのホームステイをしたりと、これはさすがに一般の留学生にできることではない。あくまで個人の留学でありつつ、しかしどこかで日本という国を背負った、あるいは意識せざるを得ない留学でもあったのだろう。

新しい世界で出会う一つ一つに強い関心と興味を示し、得難い体験を増やしていかれる様は頼もしくもある。普段はジーンズ姿などが多く、ディスコで踊るかと思えば、室内楽のグループを結成して演奏活動を行うなど、研究生活の充実だけでなく二年余の貴重な〈つかの間の自由〉を十分にエンジョイされたようだ。

英国を離れる直前に、オックスフォードの町を一人で歩き「再びオックスフォードを訪れる時は、今のように自由な一学生としてこの町を見て回ることはできないであろう。おそらく町そのものは今後も変わらないが、変わるのは自分の立場であろうなどと考えると、妙な焦燥感におそわれ、いっそこのまま時間が止まってくれたらなどと考えてしまう」という切ない思いも、本書の最後に記されている。


「父母《ちちはは》に」と献辞のあるを胸熱《あつ》く「テムズと共に」わが書架《しょか》に置く

皇后（平成五〔一九九三〕年）

「私は本書を二年間の滞在を可能にしてくれた私の両親に捧げたい。両親の協力なくしては、これから書き記す、今にしてみれば夢のような充実した留学生活は、実現しなかった」というのが、美智子さまの胸を熱くさせた献辞である。『テムズとともに』は今も大切に、本棚にあるに違いない。

掲出の一首は、平成十三（二〇〇一）年五月に再び英国を訪問された折のことを思い出して作られたものであろう。平成十五年の歌会始、お題「町」に詠進されたものである。

「町」と聞いてまっさきにオックスフォードを思い出されたのは、この留学体験が皇太子さまのなかでいかに大切な記憶であり続けたかを、おのずから語っているだろう。

32

がんの手術で入院

入院の我を気遣ひ訪《と》ひくれし思ひうれしく記帳簿を見る

平成十五（二〇〇三）年　天皇

平成十四年十二月二十四日、誕生日の翌日、天皇陛下は前立腺がん検査のため宮内庁病院に入院し、前立腺の組織の一部を採取する生体検査を受けられた。前立腺がんのマーカーであるPSA値が上がってきていたためである。

検査の結果は、やはり前立腺がんであった。しかし、比較的早期であり、おとなしい「高分化型」であることや画像診断から、転移の可能性はないとの診断が下され、翌月東大医学部附属病院で手術を行うことが発表された。天皇が宮内庁病院以外に入院というのは、初めてのことである。

「天皇陛下はサイエンティストらしく、きちんと冷静に受けとめていただき、発表についても了解をいただいた」と金澤一郎《かなざわいちろう》皇室医務主管は述べているが、この発表を含めて天皇の手術については初のことが重なった。

昭和天皇崩御の際には「十二指腸乳頭周囲腫瘍」の病名は亡くなったあとになって初めて発表されたが、がんの事実は昭和天皇本人にも知らされなかった。毎日のようにメディアで発表された大量下血、大量輸血の報道は、国民に必要以上の不安を与えることになったばかりでなく、いくら公人といえども、個人の尊厳はどうなっているのかと、ある種痛ましい思いで受け止めていた国民は多かったはずだ。

平成の天皇の手術のための入院は一月十六日。歌会始の翌日であった。医師の強い勧めで元旦の四方拝などは取りやめたが、二日の一般参賀、十日の講書始に十五日の歌会始など、一月前半は皇室にとってもっとも多忙な日々であった。それらをすべて終えてからの入院手術であったことに、公務に対する陛下の強い意志を感じることができる。特に、歌会始は、新年にあたって国民と皇室がもっとも親しく触れ合うことのできる場であり、その直後を選ばれたことの意味は大きい。

「なるべく公務に差し障りのないように」というのが陛下の要望であったという。これとは較ぶべくもないが、私自身も平成三十（二〇一八）年四月に、初期の肺がん手術を受けた。これが米国での生命科学関係の学会から帰国した翌日の入院、手術ということにならざるを

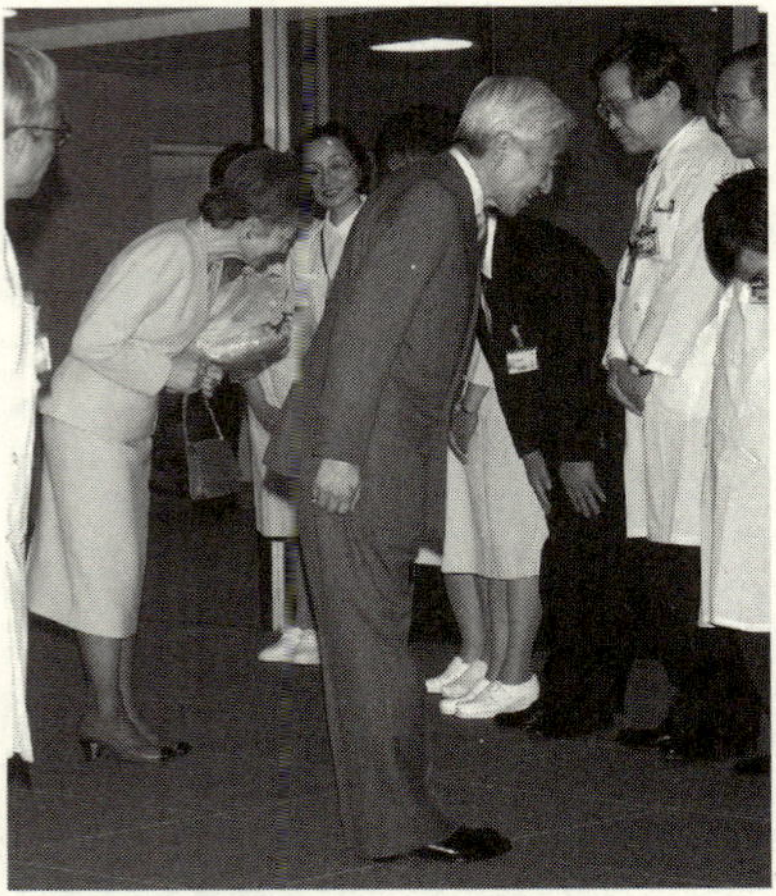

皇后に付き添われ、約３週間ぶりに退院する天皇。東大医学部付属病院の医師団らにあいさつした。2003 年 2 月（写真時事）

得なかった。どうにもスケジュールの調整がつかなかったのである。そんな私には「国民のため」を常に最優先で考えられる陛下の決定が、おのずから心に沁《し》むのである。

　十八日夕、金澤医務主管と、垣添《かきぞえ》忠生《ただお》国立がんセンター総長、東大医学部泌尿器科の北村唯一《きたむらただいち》教授ら手術担当医師たちが記者会見を行い、前立腺全摘出、および両側閉鎖リンパ節廓清《かくせい》を行った手術が三時間四十分をかけて無事、成功裏に終わったと報告した。

　前年十二月の前立腺がんの報道を受け、皇居には陛下の快癒を祈る記帳所が設けられた。それはすぐに全国に広がり、多くの記帳所に人の列ができた。総数五万千六百一人もの記帳簿を病床でご覧になったのだろうか。そのとき詠まれたのが、掲出の御製である。

　わざわざ記帳所にまで足を運んでくれたこと、私の病状を心配し「訪ひくれし思ひ」をこそうれしく思うという歌である。陛下は手術の前日、十七日には阪神・淡路大震災の犠牲者のために、皇后さまと病室で黙禱《もくとう》をされたという。国民のために祈る天皇と、天皇のために記帳所を訪れて祈りの思いを伝える国民。ここには互いに祈ることを通じてつながる天皇と国民という関係が見えてくる。天皇陛下の行為の基本には、国民のために「祈る」という行為があるということはこれまで繰り返し書いてきたが、国民もまた自分のために祈ってくれているということが、天皇陛下にとっても殊のほかうれしく感じられたのだろう。

33

病を乗り越える――家族の支え

癒えましし君が片へに若菜つむ幸おほけなく春を迎ふる

平成十五（二〇〇三）年　皇后

平成十五年一月十六日に東大医学部附属病院に入院し、翌々日に前立腺がんの全摘出手術を受けられた天皇陛下は、三週間余りの入院生活を終えて、二月八日に退院された。病後の状態も安定し、転移の可能性もほとんどないということで、手術は大成功であった。しかし、それまでに虫垂炎と大腸ポリープの手術以外受けられたことのない天皇陛下であり、美智子さまにとっては心配や不安は当然のことながら大きなものであっただろう。

前年の十二月二十四日に検査のため、宮内庁病院に一泊入院されたときには、翌日朝七時前に、美智子さまは御所から単身病院に駆けつけられ、職員を驚かせたという。

手術の年の誕生日に際して、美智子さまは記者への質問回答のなかで「陛下のお病気がだんだんに確実なものとされていく日々、何回となく、これは夢の中の出来事で、今にほっとして目覚めることが出来るのではないか、と願ったことでした」と答えておられるが、夢であってほしいという願いは、がん患者、その家族の誰もが抱く思いである。

美智子さまは入院の日から四日続けて東大病院に泊まられたが、これもこれまでの皇室では初めてのことであった。手術前日には紀宮《のりのみや》さまとともに、病院食で家族三人水入らずの食事をとられたという。家族みんなが心配して、支えてくれていると知ることがどれだけ病人の力になるかは言うまでもないことである。

天皇陛下は同年の誕生日の記者会見で、「入院中皇后が毎日付き添ってくれ、紀宮もしばしば来てくれたことは、精神的にまた実際に入院生活の非常な支えと助けになりました」と述べられたが、まさに実感であっただろう。

前立腺がんの説明の際、金澤一郎皇室医務主管は、美智子さまが「陛下に付き添っていただくこと自体が治療に結びつく」こと、「家族で支える」ことの重要性を強調したという。金澤医務主管は、かつて美智子さまが週刊誌などのバッシングを受けて声を失うという悲しみの場面で、美智子さまに寄り添い、適切な治療方針を示した人物である。医師と患者の間の信頼感が、この大きな手術の場面でも力となったことはまちがいないだろう。

美智子さまの一首は陛下の退院後、リハビリも兼ねてお二人で毎日のように皇居内を散策されたときの歌だろうか。「癒えまし し君が片へに若菜つむ」、そのこと自体が「おほけなく」（畏《おそ》れ多く）感じられる、そんなうれしい春を迎えられる幸せを詠んだものである。

もどり来し宮居の庭は春めきて我妹《わぎも》と出でてふきのたう摘む

天皇（平成十五年）

同じ時期の歌であるが、二人して、フキノトウなどを摘みつつ歩く。本当の幸せとは、こんな些細《ささい》なことにこそあると納得させられる一首であろう。しかもその思いを二人が共有し、同じように歌にしておられる。歌を介して思いを通じ合えることの幸せを思うのである。

「病院に通う道々、時として同じ道を行く人々の健康体をまぶしいように見つめていたあの頃の自分のように、今日も身近な人の容態を気遣う多勢の人々のあることを思い、現代のすぐれた医学の恩恵が、どうか一人でも多くの人の享受《きょうじゅ》するものであるよう、願わずにはいられません」とは美智子さまの言葉であるが、家族が一体になって病を乗り越えられた幸せが、同じような境遇の人々へも及んでくれるようにという願いの言葉である。

34
〈象徴〉としての手応え

幸《さき》くませ真幸《まさき》くませと人びとの声渡りゆく御幸《みゆき》の町に

平成十六（二〇〇四）年　皇后

平成十六年の歌会始のお題は「幸」であった。天皇陛下の地方訪問にはほとんど皇后さまもご一緒される。そんな折、沿道で両陛下をお迎えする人々の声が「幸《さき》くませ真幸《まさき》くませ」と湧き上がる。皇后さまは、その喜びを詠まれている。お元気で、お幸せにという願いの声である。

人々の幸願ひつつ国の内めぐりきたりて十五年経つ

天皇（平成十六年）

同年の歌会始の御製である。「平成」になって十五年、この十五年間に両陛下は、全国の都道府県をすべて訪問されたことになった。訪問市町村は四百一、移動距離は約十二万キロにおよび、地球三周分もの距離である。ちなみに平成二十九（二〇一七）年には全都道府県を二回以上訪問されたことになったという。その行動力と熱意を思わずにはいられない。

「幸」というお題のもとに、両陛下がともに地方訪問の歌を出されたのは、一つの達成感とそれに伴う深い感慨があったからだろう。即位の初めから「国民に寄り添う」ことを、「国民のために祈る」ことと同等に大切にされてきたが、それが全都道府県への行幸啓《ぎょうこうけい》となって結実してゆく。そして皇太子時代も含めて全国五十余りの離島訪問となっていったのである。

前にも書いたように〈象徴〉とはどんな天皇像なのか、憲法をはじめ何も規定がなく、こんな無責任なものはないと、私は思っている。〈象徴〉とはいかなるものかについて、具体的な提示はなく、ただひとり天皇だけが、自らの手で解答を見つけていくことを求められている。

平成の天皇陛下は、それを「祈る」と「寄り添う」という二つの軸を中心として実践されてきたと思うが、それを皇后さまと二人相携えて、手探りで模索し、試行錯誤して来られたのが、平成前期だったと言ってもいいだろう。

当然のことながら自分たちの実践を国民がどのように受け止めるかは大きな関心事だった

はずである。ここにあげた両陛下のお歌には、そのような十五年の足跡を自ら確かめつつ、人々の「幸くませ真幸くませ」という声のなかに、〈象徴〉として確かに自分たちが受け容れられているという実感と喜びが感じられよう。努力が間違っていなかったという、それは確信であったかもしれない。

私は、この平成十五（二〇〇三）年をもって、両陛下の模索してこられた「象徴としての天皇」像が確立した、また国民にも、両陛下にもはっきりと形をもって実感された年ではなかったかと考えている。そのような喜びが両陛下のお歌に感じとれるのである。

私事になるが私は平成十六年から歌会始選者として列席することになった。その時に詠進した歌は、

しら梅はしづかに時を巻きもどすかの幸《さきは》ひに君と子を率《ゐ》て

永田和宏

やや緊張して出したことを覚えている。しかしその同じ席で披講された、召人《めしうど》の大岡信《おおおかまこと》さんの詠進歌には度肝を抜かれた。

いとけなき日のマドンナの幸《さっ》ちゃんも孫三《み》たりとぞe《イー》メイル来る

大岡信

たぶん歌会始史上、もっとも型破りで破天荒な一首だろう。講師《こうじ》、発声《はっせい》、講頌《こうしょう》など諸役の方々はこの一首をなんとか苦労して披講されたが、私は笑いをこらえるのに苦労したのを覚えている。この印象があまりに強くて、デビューであったはずの平成十六年の歌会始の記憶が定かでないのが残念である。

35

時を超える歌の記憶

時じくのゆうなの蕾活《い》けられて南静園の昼の穏《おだ》しさ

平成十六（二〇〇四）年　皇后

平成十六年一月、天皇皇后両陛下は沖縄の宮古島《みやこじま》にあるハンセン病療養所、宮古南静園《みやこなんせいえん》を訪問された。

その前年、平成十五年の天皇誕生日の会見で、沖縄への思いを述べられたが、ここで初めて自らの出自に触れられたのが、大きな注目を集めた。沖縄復帰までにかかった時間の長さやその間の人々の願いなどに言及し、「日本人全体で沖縄の歴史や文化を学び、沖縄の人々への理解を深めていかなければならない」と述べたあと、「私にとっては沖縄の歴史をひもとくということは島津氏の血を受けている者として心の痛むことでした」と語られたのである。

香淳皇后の母、平成の天皇の祖母君は、元薩摩《さつま》藩主島津《しまづ》忠義《ただよし》の七女であったが、江戸時代に薩摩藩が琉球王国に侵攻し、支配下に置いたという史実を念頭においた発言であった。「しかし、それであればこそ沖縄への理解を深め、沖縄の人々の気持ちが理解できるようにならなければならないと努めてきたつもりです」とお言葉は続くが、皇太子時代から沖縄へは特に強い思いを持って接してこられた背景に、このような出自に関する〈負い目〉があったのかと驚いた人も多かったはずだ。

掲出の美智子さまの御歌《みうた》は、南静園訪問の際の歌である。「時じくの」は「その時季でもないのに」の意味。まだその時季でもないのに、ゆうなの蕾《つぼみ》が活《い》けられている。なぜその花が活けられていたのか。それは南静園訪問から約三十年前の美智子さま自身の一首に由来する。

いたみつつなほ優しくも人ら住むゆうな咲く島の坂のぼりゆく

皇太子妃美智子（昭和五十一年）

昭和五十（一九七五）年、時の皇太子皇太子妃両殿下は初めて沖縄を訪れ、ハンセン病療養所、沖縄愛楽園《あいらくえん》（名護《なご》市）を訪問された。翌年の歌会始で「坂」というお題のもとに美智子子さまが詠まれたのが、この一首であった。

この一首の記憶があったから、南静園の人々は、まだ花の開く前のゆうなの蕾をさりげなく活けておいたのだろう。そして、それをいち早く感じ取って、美智子さまが歌に詠まれた。歌の記憶が、時間を超えて人々に共有され、それが再び作者のもとにかえって、別の歌を生む。作歌をすることの奇跡のような幸せをこの一首のエピソードに見ることができよう。

歌に関するもう一つのエピソードもある。

昭和五十年に愛楽園を訪問されたのち、皇太子明仁殿下は、次の一首を詠まれた。

だんじよかれよし《ダンジユカリユシ》の《ヌ》歌声《ウタグイ》の《ヌ》響《フィビチ》　見《ミ》送る《ウクル》笑顔《ワレガウ》目《ミ》に《ニ》ど《ドゥ》残る《ヌクル》

皇太子明仁（昭和五十年）

当初の予定を四十分以上超過してお二人がお帰りになるとき、療養所の人々が「だんじょかれよし」という、旅に出る人の安全を願う歌を歌って送り出したのだという。それを思い出して作られたのがこの琉歌《りゅうか》であるが、これを聞いた愛楽園の人々から、この琉歌をぜひ歌として歌いたいので、曲をつけていただけないかとの声が上がり、その声が陛下に届いたという。陛下が作曲を美智子さまに依頼され、それまで作曲の経験のなかった美智子さまが初めて作曲に挑戦されることになった。

陛下は〈だんじよかれよし《ダンジュカリユシ》の《ヌ》歌や《ウタヤ》湧上《ワチャ》が《ガ》たんゆうな《タンユウナ》咲きゆる《サチユル》島肝に《シマチムニ》残て《ヌクティ》〉という一首を新たに二番として作られ、ここに歌曲「歌声の響」が完成した。鮫島有美子《さめじまゆみこ》の歌を収めたＣＤ付きで出版され、平成三十一（二〇一九）年二月二十四日、在位三十年を記念する政府主催の式典で、沖縄出身の歌手三浦大知《みうらだいち》が両陛下の前で歌ったのは記憶に新しいところである。

36

新潟県中越地震

天狼《てんらう》の眼も守りしか土《つち》なかに生きゆくりなく幼児《をさなご》還《かへ》る

平成十六（二〇〇四）年　皇后

平成十六年十月二十三日の夕刻、新潟県中越地方を震源として、マグニチュード6・8という大地震が起こった。平成七（一九九五）年の阪神・淡路大震災以来の最大震度7に達する地震である。

震源に近い川口町《かわぐちまち》、山古志村《やまこし》（いずれも現・長岡市）では、それぞれ震度7や6強を記録するなど甚大な被害が出た。死者六十八人、避難住民は十万人にもなった。

山あいに家々が点在する山古志村では特に地滑りの被害によって道路が寸断され、陸の孤島となってしまった。村長の判断で、全村民二千百六十七人の長岡市への避難が決定されたが、道路が使えず、ヘリコプターによる救出という異例の事態となった。山古志村は昔から錦鯉《にしきごい》の養殖で知られ、また伝統的な闘牛が有名で多くの牛が飼われていた。それらを置いての避難であった。

連日甚大な被害が報じられる中で、一粒の灯《あかり》とも言えるような朗報もあった。地震発生から四日後の二十七日、長岡市の土砂崩れ現場で土砂に埋まっていた車から、二歳の皆川優太ちゃんが奇跡的に救助されたのである。母親と姉（三歳）がともに亡くなったのは悲しいことであったが、優太ちゃんはその後、十日ほどして退院するまでに回復した。

崖の途中に埋まっている車。レスキュー隊員がわずかな隙間からなかに入り、泥だらけの小さな子を助け出す。それを隊員たちが次々に手渡していくシーンをテレビ画面で見た人も多かっただろう。二歳の子の命が九十二時間ぶりに助けられた瞬間であった。

掲出の美智子さまの御歌《みうた》はそれをご覧になっての安堵《あんど》の一首と思われる。「ゆくりなく」は「思いがけず」の意。天狼はおおいぬ座の天狼星《シリウス》のことであるが、秋の夜空にはシリウスが昇る。きっとこの幼児を天狼も見守っていたのであろうと詠まれたのだ。

まだ余震が続くなか、地震発生から二週間後の十一月六日には、天皇皇后両陛下が被災地を激励に訪れられている。

地震《なゐ》により谷間の棚田荒れにしを痛みつつ見る山古志の里

天皇（平成十六年）

「谷間の棚田荒れにしを」とあるように、視線は空からのものである。地震から二週間という時点では、山古志村へ車で行くことができず、ヘリコプターから見る以外なかったからである。「痛みつつ見る」には、そのような訪問しかできない申し訳なさも影を落としているだろうか。

しかし平成二十（二〇〇八）年秋、両陛下は復興状況を視察し、人々を励ますために、再び長岡市を訪れられることになった。私は、この「再び」という点が、両陛下の被災地訪問の大きな特徴になっていると思っている。一度行ってお役ごめんということではなく、いつまでもその地のことを気にかけ続けておられるのである。これは前にも書いたことだが繰り返しておきたい。

なゐにより避難せし牛もどり来て角突きの技見るはうれしき

天皇（平成二十年）

かの禍《まが》ゆ四年《よとせ》を経たる山古志に牛らは直《なほ》く角《つの》を合はせる

皇后（平成二十年）

避難していた牛たちによる山古志の闘牛は復興のシンボルともなった。両陛下の訪問時にはその伝統の角突きを披露したが、ここに詠《うた》われているのは復興の実感を人々と共有できる喜び以外の何ものでもないだろう。お二人が同じ時に同じ景を歌に残しておられるのは比較的珍しいことである。

第四章

災害大国の象徴として

37 サイパン島訪問

サイパンに戦ひし人その様を浜辺に伏して我らに語りき

平成十七（二〇〇五）年　天皇

サイパン島は北マリアナ諸島の中心である。大正九（一九二〇）年からは国際連盟による日本の委任統治領として多くの日本人が住み、製糖産業などを中心に栄えていた。しかし、現在では太平洋戦争の激戦地として記憶されることとなり、その悲劇の跡は、いまもなお「バンザイ・クリフ」「スーサイド・クリフ」などの名で残っている。

マリアナ諸島は、米軍の新型爆撃機Ｂ29が展開すれば、東京など日本の大部分を攻撃圏内に収めることができる位置にあるため、双方にとって戦略的に重要と位置づけられていた。しかし昭和十九（一九四四）年六月十三日、サイパン島はまず十八万発もの艦砲射撃による米軍の攻撃を受け、十五日には米軍の上陸を許すことになったのである。

サイパン島でバンザイ・クリフを望み、黙礼する天皇と皇后。2005年6月（写真　時事）

すでに制空権、制海権を失っていた日本軍は孤立を強いられ、二十日を超える壮絶な戦いの末に、七月七日、ついに玉砕攻撃、九日に米側の占領宣言で、当地での戦いを終えることになった。日本軍の戦死者は約四万三千人。民間人一万二千人と九百人を超える島民の死者を出し、米軍側も三千五百人近くの死者を出したのである。

戦後六十年にあたる平成十七年六月、天皇皇后両陛下の強い希望のもとに、初の海外への戦没者慰霊の旅としてサイパン訪問が実現することになった。その強い思いは、出発時の羽田空港における異例の長文のお言葉となったと、元侍従長の渡邉允が述べている（『天皇家の執事』）。

「六十一年前の今日も、島では壮絶な戦いが続けられていました。食料や水もなく、負傷に対する手当てもない所で戦った人々のことを思うとき、心が痛みます」というお言葉は、この訪問に六月が択《えら》ばれたことの意味まで、私たちに深読みを誘うのではないだろうか。

冒頭の御製《ぎょせい》は、二人の元兵士から米軍が上陸してきたときの状況をお聞きになった折の歌である。「二人が、砂に腹ばいになって死んだふりをしていたことなどを身振り手振りでご説明するのを」じっと聞き入っておられ、両陛下とも最後まで、まわりの美しい景色を見ようとなさらなかったと、渡邉は述べている。

いまはとて島果ての崖踏みけりしをみなの足裏《あうら》思へばかなし

皇后（平成十七年）

サイパン島の悲劇は、追い詰められた果てに、多くの日本人が崖から身を投じたことでもあった。両陛下は「中部太平洋戦没者の碑」に拝礼の後、その背後の高さ百メートルを超える絶壁、スーサイド・クリフの上まで登って深く黙禱《もくとう》をされ、さらに北端のバンザイ・クリフでも黙禱をされた。

美智子さまの御歌《みうた》は、そこで身を投げた女性たちの「足裏《あうら》」を思われたのである。足裏には、この世との最後の接点である崖が、切なくもはっきりと感じられていただろう。その崖を踏み蹴ったとき、女性の身体は宙に浮き、この世との接点をなくしたのである。「をみなの足裏」を心に思い描くことは、自ら断崖に身を投げようとする女性への心寄せがなければ、決してできないはずである。歌では、このようなワンポイントへの注目が、歌の深度を格別に深くするものである。

バンザイ・クリフは多くの人々がまさに「天皇陛下万歳」と叫んで崖から身を投じたとされる場所である。その「天皇陛下」は昭和天皇であったにしても、この場所に立つことには想像もつかない内的葛藤があったことだろう。それを知るゆえにいっそう、お二人そろって深々と頭を下げられた写真は全国民に深い感銘を与えたはずである。

この訪問では米国軍人のための第二次世界大戦慰霊碑、さらには韓国平和記念塔を訪れて拝礼をされた。敵味方、日本人外国人の分け隔てなく、戦争という無意味・無慈悲な愚行に散った人々を慰霊したいという両陛下の思いであっただろう。

38 清子さまの結婚

母吾《われ》を遠くに呼びて走り来《こ》し汝《な》を抱《いだ》きたるかの日恋ひしき

平成十七（二〇〇五）年　皇后

平成十六年十二月三十日、紀宮清子さまの婚約内定が宮内庁より発表され、お相手の黒田《くろだ》慶樹《よしき》さんと清子さまとは揃《そろ》って記者会見に臨まれた。この発表は新潟県中越地震の被災者への配慮などから、二度延期されてきたものであった。

翌平成十七年十一月十五日、お二人の結婚式が執り行われ、その後披露宴が東京の帝国ホテルで開かれた。戦後では、初めて天皇皇后両陛下が皇女の披露宴に出席されたが、それまでの皇族の慣習を破り、三人の子どもを自分たちの手で育てられた両陛下からすれば、当然のことであっただろう。

結婚式の朝、家を出る清子さまを皇后さまはしっかり抱きしめた。それは四十六年前、天皇家に嫁ぐ美智子さまに母君がしたのと同じ行為であった。そして皇后さまは「大丈夫よ」と何度も清子さまにおっしゃったという。民間から全く異なる世界へ足を踏み入れようとしていたときの心細さを、逆に民間へ出て行こうとしている娘の不安に重ねておられたのだろうか。

美智子さまは、平成十七年の誕生日に「清子は、私が何か失敗したり、思いがけないことが起こってがっかりしている時に、まずそばに来て『ドンマーイン』とのどかに言ってくれる子どもでした。これは現在も変わらず、陛下は清子のことをお話になる時、『うちのドンマインさんは・・・』などとおっしゃることもあります。あののどかな『ドンマーイン』を、これからどれ程懐

黒田慶樹さんとの結婚式のため式場に入る紀宮清子さま。2005 年 11 月（写真 EPA＝時事）

かしく思うことでしょう」と文書を寄せておられる。清子さまのおっとりとした穏やかさとユーモアのセンスが、両陛下にとっての大きなやすらぎと慰めでもあったのであろうか。

誰もが真面目と評しているようだが、黒田慶樹さんもユーモアのセンスは十分で、婚約内定に際しての記者会見で「性格、趣味、都庁へ転職した理由や将来の目標」について質問を受けた時、「ただいまのご質問、都庁の採用試験の面接以来のご質問でございます」とやり返し、その場になごやかな笑いをもたらしたという。いかにもお似合いのカップルである。

美智子さまが週刊誌などのバッシングで声を失われたとき、傍らにつきっきりで世話をしたのも清子さまであったし、天皇陛下の前立腺がんの手術のときにも美智子さまとともに病室に泊まり込んで面倒をみられた。皇太子殿下と天皇皇后両陛下との橋渡し的役割を担われたこともあった。

「これまでおかしいことで三人が笑うとき、ひときわ大きく笑っていた人がいなくなったことを二人で話し合っています」とは、清子さまご結婚後の天皇陛下の寂しさの表現であった。

天皇（平成十七年）

嫁ぐ日のはや近づきし吾子と共にもくせい香る朝の道行く

やがて家を出ることになる娘との日々を、時間を愛《いと》おしむように散歩をしておられる陛下の切なさの伝わる歌である。

冒頭の美智子さまの御歌は、嫁ぎゆく娘を見つつ、遠く幼い日の清子さまを思い出しての一首であろうか。幼い頃の清子さまを詠まれた歌に、

フェアリー・リングめぐり踊りてゐたりけり彼《か》の日のわが子ただに幼く

皇后（平成三〔一九九一〕年）

という一首もある。フェアリー・リングは、キノコがリング状に生えているものを言うのであるが、そのようなさまざまなスナップショットが、文字通り走馬灯のように去来するのが、娘の結婚の日の朝なのであるかもしれない。

39 ── 秋篠宮家に第三子

我がうまご生《あ》れしを祝ふ日高路《ひだかぢ》の人々の声うれしくも聞く

平成十八（二〇〇六）年　天皇

平成十八年九月六日、眞子さま、佳子さまについで第三子となる親王が秋篠宮家に誕生した。皇室にとっては、秋篠宮文仁《ふみひと》殿下以来四十一年ぶりの男子誕生であり、大きな祝賀ムードが国内に広がった。

秋篠宮妃紀子さまは、子宮口を一部ふさいでいる「部分前置胎盤」が認められ、分娩《ぶんべん》の際、大出血を伴うことが多いため、帝王切開による出産となった。紀子さまは八月十六日から東京都港区の愛育病院に入院、九月六日に無事出産された。皇太子殿下、秋篠宮殿下についで、皇位継承順位第三位の親王が誕生したことになる（令和の天皇即位により現在は第二位）。

天皇皇后両陛下は、国際顕微鏡学会にご臨席のため、札幌に滞在されていたが、そこで親王誕生の吉報を受けとられた。その報はすぐにメディアでも報じられることになり、学会に参加している外国の研究者らからもお祝いの言葉をかけられ、うれしそうに応じられていたという。

掲出の御製はその後、二日かけて襟裳《えりも》岬など日高方面の視察に赴かれた際、沿道の人々からの祝福の声をうれしく聞かれたことを詠まれている。

退院の際、母親の紀子さまの腕の中で眠る悠仁親王。2006 年 9 月（写真　代表撮影 /AP/ アフロ）

現皇室典範では、皇位継承資格は男系男子に限られているが、紀宮清子さまの結婚で皇室メンバーが少なくなるなどの状況は、日本における天皇制存続の根幹にかかわる問題であり、「女性天皇」「女系天皇」の可能性を探る議論が真剣に考えられ始めていた。

平成十七（二〇〇五）年十一月には、小泉純一郎首相の私的諮問機関「皇室典範に関する有識者会議」が、皇位継承資格を女性とその子どもの「女系」皇族にも拡大するよう求める報告書を首相に提出したのも、そのような危機感の顕《あら》われであった。

その後、秋篠宮妃紀子さまの懐妊と男子の誕生で、当面の危機は回避されたが、皇室メンバーが徐々に減少している現実には変わりはない。

特にこの議論が、小泉首相の次の自民党総裁を巡る政局によって封印されてしまったという印象は拭いがたく、残念なことであった。今後の天皇制、皇室のあり方を考える上で、ひろく「女性皇族」を含めた議論は、棚上げにしたまま先送りしていい問題ではないだろうと思われる。

親王の名前は「悠仁《ひさひと》」と名付けられた。皇室では男子には「仁」をつけるのが平安期からの伝統であるが、その前にどの漢字を持ってくるか。いくつかの候補の中から秋篠宮さまが択《えら》ばれたという。「悠」の字にはご夫妻がお好きなアジアの雄大な風景がこめられているのだろう。平成四（一九九二）年の歌会始のお題は「風」であったが、秋篠宮さまは、

悠久の壁画眺め居古人を思ふ風爽けきメコン河畔に

という歌を詠進された。壁画を眺めて居《い》ると、そこで生活していた古《いにしえ》の人々が思われるという一首である。この歌の初句「悠久の」が遠く「悠仁」に呼応しているだろうか。「悠」を「ひさ」と読ませるのは珍しいが、所功《ところいさお》京都産業大教授は「いい文字だし、いい読み方だと思う」とした上で「みんな時間に追われて慌ただしい今の世の中で、ゆったりした悠久のかなたに思いを致す」ことの大切さを示すメッセージだろうと述べている。

幼な児は何おもふらむ目見《まみ》澄みて盤上《ばんじやう》に立ち姿を正す

皇后（平成二十四年）

と詠まれるごとく、悠仁さまはすくすくと成長され、平成二十三（二〇一一）年には着袴《ちやつこ》の儀を終えられた。

40 リンネ生誕三百年記念式典での基調講演

二名法作りしリンネしのびつつスウェーデンの君とここに来たりつ

平成十九（二〇〇七）年　天皇

天皇陛下は半世紀以上にわたってハゼの分類の研究を続けてこられた。本稿を書くにあたり〝Akihito〟の名で論文を検索したところ、直近の二〇一六年にも論文が出ているのを見つけ、これには驚いた。「Gene（遺伝子）」という国際誌に、筆頭著者として発表されているのである。「ハゼ科魚類キヌバリとチャガラの核DNAとミトコンドリアDNAを用いた種分化の解析」というタイトルの英文論文である。

第二著者として秋篠宮文仁の名もある。秋篠宮殿下はDNA解析関係を分担されたのだろうか。同じ「Gene」に二〇〇〇年、二〇〇八年などいくつかの共著論文があるが、親子で名前を連ねるのは珍しいことであり、また幸せなことでもあろう。

忙しい公務のあいだを縫って、よくまとめられたものだと思うが、

顕微鏡に向かひて過ごす夏の夜の研究室にかねたたき鳴く

天皇（平成十六年）

ともご自身で詠まれているように、研究に時間を割けるのは研究者としては一番幸せなときであり、ちょっとした時間の隙間を見つけては研究を継続してこられたのであろう。

二〇〇七（平成十九）年は、リンネの生誕三百年にあたっていた。カール・フォン・リンネは、一七〇七年スウェーデンに生まれた博物学者・植物学者であり、「分類学の父」とも呼ばれる。生物の学名を属名と種小名の二語のラテン語をもって表す、いわゆる二名法を確立したことで知られる。

スウェーデンおよび英国で生誕三百年の行事があったが、天皇皇后両陛下は招かれて両国の記念行事に出席された。掲出の御製はリンネが研究をしていたウプサラ大学などをスウェーデン国王夫妻と訪問された折の歌である。

自《みづか》らも学究《がくきう》にまして来給へりリンネを祝ふウプサラの地に

皇后（平成十九年）

この一首には、学究としての陛下を誇りに思う美智子さまの気分が強く表れているだろう。魚類分類学の分野で誰もが認める成果を着々と積みあげてこられた陛下への尊敬とともに、分類学の聖地に来て、あらためて〈私の夫〉を誇らしく思われたのかもしれない。

ロンドン・リンネ協会は英国でもっとも歴史があり、世界的にも権威のある博物学植物学の学術機関であるが、一九八〇（昭和五十五）年、陛下は新種発見や、頭部孔器などの新たな器官に注目したハゼの分類法の確立など、魚類学の進展における功績によって、外国会員として迎えられ、また一九八六年には名誉会員にも選ばれた。そのような経緯もあって、リンネ生誕三百年の記念式典で基調講演を依頼されたのである。「リンネと日本の分類学」と題された講演では、リンネの功績についての紹介から始まり、日本の分類学の歴史を辿《たど》りつつ、さらに自らのハゼの研究にも触れるという広範なテーマで、力のはいったものであった。講演の間際まで推敲《すいこう》を重ねられ、四十五分の英語での講演のあとは、大きな拍手が長いあいだ続いたという。

電子顕微鏡やＤＮＡ解析など、新しく開かれた分野にも注目しつつ、自らは「リンネの時代から引き継いできた形態への注目と関心からも離れることなく、分類学の分野で形態のもつ重要性」を考えながら研究を続けていきたいという言葉で講演を締めくくられた。

若い時代からの陛下の研究ぶりが率直に表明されていたが、一方で流行に流されないサイエンティストとしての矜持《きょうじ》を表明されたのではなかったかと、私は思っている。

リンネ生誕300年の記念式典で講演する天皇。2007年5月、イギリス・ロンドン（写真　時事）

41

生涯の「こころの窓」

我が妹《いも》と過ごせし日々を顧みてうれしくも聞く祝典の曲

平成二十一（二〇〇九）年　天皇

平成二十一年四月、天皇皇后両陛下は結婚五十年記念の日を迎えるに際し、記者会見を行った。この会見ではお二人の心情を述べる率直な言葉が、皇太子時代、そして天皇に即位してからの分厚い時間によって、強く裏打ちされているという、そんな快い印象があった。

この五十年を振り返ってほしいとの記者の質問に対して、陛下は結婚後に起こった重要な出来事として、米施政権下に置かれた小笠原村の昭和四十三（一九六八）年の復帰、沖縄県の同四十七（一九七二）年の復帰、さらにソビエト連邦の崩壊後の、それでもなお世界各国に絶えることのない紛争などを挙げられた。これにわが国を襲った自然災害を加えると、まことに国内外に大きな変化、変動の起こった五十年だったと言えよう。

この会見で何より印象的だったのは、皇后さまに対する深い愛情と信頼を率直に表現する天皇陛下の言葉であった。「天皇」という困難な立場をまっとうするために、皇后さまの存在がいかに大切であったかが、おのずから感じられ、羨《うらや》ましくも美しいものとして、多くの国民にストレートに伝わるものとなっていた。

「皇后は結婚以来、常に私の立場と務めを重んじ、また私生活においては、昭和天皇を始め、私の家族を大切にしつつ私に寄り添ってきてくれたことをうれしく思っています」として、皇后さまに「感謝状」を贈りたいとも述べられた。

銀婚式の時には、天皇陛下は「努力賞」を、皇后さまは「感謝状」を贈りたいとのやりとりがあり、それを踏まえたもので、会見場

婚約前、軽井沢のテニスコートで学友と歓談する、皇太子（平成の天皇）と正田美智子さん（平成の皇后）。1958 年 8 月。長野県軽井沢町（写真　毎日新聞社 / 時事通信フォト）

は温かい笑いに包まれた。

「夫婦としてうれしく思われたこと」という質問に対しては、陛下は、

　語らひを重ねゆきつつ気がつきぬわれのこころに開きたる窓

の一首を引用し「婚約内定後に詠んだ歌ですが、結婚によって開かれた窓から私は多くのものを吸収し、今日の自分を作っていったことを感じます。結婚五十年を本当に感謝の気持ちで迎えます」と述べられた。

そして、そのあと「終わりに私ども二人を五十年間にわたって支えてくれた人々に深く感謝の意を表します」という結びの言葉で、声を詰まらせたのである。

「テニスコートの恋」として国民的フィーバーを巻き起こした若き皇太子の恋であったが、美智子妃というパートナーを得て、結婚前に、自分たちの将来についてさまざまなことを相談する。その過程で「われのこころに開きたる窓」を実感されたのであろうか。同じ会見で「私ども二人は育った環境も違い、特に私は家庭生活をしてこなかったので」という言葉が陛下の口から漏れているが、心置きなく話せる家庭という環境を知らずに育った天皇にとって、初めて心を開いて自らの本心を語れる相手が美智子妃であったのである。

誰か一人でも「こころの窓」を開いて打ち明けられる、相談できる、意見を聞ける相手が居れば、人間はどこまでも強くなれるものである。「天皇」という想像もつかない困難な立場を自らに課すことになった陛下にとって、美智子さまは何にも増して大切な、あたたかい存在であったのに違いない。その思い入れの強さが、感情の奔流を招き、声を詰まらせることになったのであろう。

私と同様、美しい景に接したと思った国民は多かったはずである。

42

歌に詠まれた時間の記憶

君とゆく道の果たての遠白《とほしろ》く夕暮れてなほ光あるらし

平成二十二（二〇一〇）年　皇后

昭和三十四（一九五九）年、時の皇太子明仁殿下と正田美智子さんの結婚の儀がとり行われ、そのあとのパレードには沿道に五十三万もの人々が若いカップルの門出を祝った。

今なら当然のことのように思われるこの歓喜の列は、終戦からまだ十四年、皇室に対する、そして昭和天皇に対する複雑な思いが国民の間にくすぶり続けていた当時の社会情勢から言えば、驚くべきことであった。

ミッチーブームとも言われたが、この皇室への温かい視線は、決して一時的なブームでは終わらなかった。それは両殿下が天皇皇后となられた平成という時代のなかで、次第に皇室への信頼感が醸成されていったことが大きい。常に国民に寄り添うというお考えを、国民がお二人の行動のなかに、ゆるぎないものとして感じとってきたのが、平成という時代でもあったのだと言えるだろう。
掲出の美智子さまの御歌は、平成二十二年の歌会始に「光」というお題で詠《うた》われたものである。前年、ご成婚五十年を迎えられた四月ごろの作という。直接には陛下と皇居内を散策されたときの歌であろう。前方に遠く続く道の「果たて」が、「夕暮れてなほ光あるらし」という把握には、おのずから両陛下のこれまでの歩みを暗示すると同時に、これからは「老い」に向かって陛下とともに歩む道の、明るい予感のようなものが感じられよう。
結婚五十年の記者会見のなかで「結婚してよかったと思った瞬間」を尋ねられた美智子さまは、次のように答えられた。

春、辛夷《こぶし》の花がとりたくて、木の下でどの枝にしようかと迷っておりましたときに、陛下が一枝を目の高さまで降ろしてくださって、そこに欲しいと思っていたとおりの美しい花がついておりました。

そんな「本当に小さな思い出」は、

仰《あふ》ぎつつ花えらみゐし辛夷《こぶし》の木の枝《えだ》さがりきぬ君に持たれて

（昭和四十八〔一九七三〕年）

という美智子さま自身の歌としても残っている。

本当はそれは逆なのかもしれない。歌に詠まれたからこそ、そんな小さな記憶が色褪《いろあ》せることなく三十数年間を美智子さまの心に生き続けたのだろう。歌に詠まれた時間は、他の時間とは違う、掛けがえのない記憶として定着されるものである。歌を作る意味の一つはそこにある。

同じ記者会見で天皇陛下は「皇后が木や花が好きなことから、早朝に一緒に皇居の中を散歩するのも楽しいものです。私は木は好きでしたが、結婚後、花に関心を持つようになりました」とも述べられた。

ここにはさりげないが、重要なメッセージが隠されている。美智子さまという伴侶を得ることで、興味のなかった「花に関心を持つようになりました」ということである。

相手が面白いと思うものを、自らも面白いと思える。従来興味のなかった対象にも自然に興味が生まれ、それについて話をしたいと思う。そんな時、それまで気づいていなかった新しい自分の輝きに気づくものである。

私は以前「一緒にいることによって、自分のいい面がどんどん出てくると感じられる相手こそが、ほんとうの意味での伴侶となるべき存在なのだ」（『知の体力』新潮新書）と書いたことがある。

こんな私の思いに強引に結びつけるのは大変失礼なこととは思いつつ、こうして天皇皇后お二人のお互いへの敬意と信頼の思いを断片的にでも読ませていただいていると、一緒にいることによって、それぞれのいい面がどんどん引き出されている現場に立ち会っているような気分にもなる。お互い素晴らしい伴侶というべきだろう。

43 両陛下ご成婚五十年

五十年《いそとせ》の祝ひの年に共に蒔きし白樺の葉に暑き日の射す

平成二十三（二〇一一）年　天皇

平成の天皇皇后両陛下がご成婚五十年を迎えられたのは平成二十一年であった。右の御製は二年後の歌会始に「葉」のお題のもとに詠まれた一首である。「五十年《いそとせ》の祝ひの年」の立春に、御所の近くに植えられていた白樺《しらかば》から種を採り、皇后さまと共に蒔《ま》かれたのだという。それが一年余りののち若木となって、夏の暑い日に葉を戦《そよ》がせているのであろう。金婚記念植樹と言えようが、種から育てたことで愛着もいっそう深かったに違いない。

直接表現されてはいないが、ここには当然、陛下の傍らで、その若木を見ている美智子さまの姿が見えるはずである。「共に」五十年を迎えられたという喜びに加えて、「共に」この記念樹の生長を見守っていくのだという、これからを思う喜びも、この一首からは伝わってくるのである。

天皇という立場にあることは、孤独とも思えるものですが、私は結婚により、私が大切にしたいと思うものを共に大切に思ってくれる伴侶を得ました。皇后が常に私の立場を尊重しつつ寄り添ってくれたことに安らぎを覚え、これまで天皇の役割を果たそうと努力できたことを幸せだったと思っています。

と述べられたのは、平成二十五年、傘寿（八十歳）の誕生日の記者会見の席であった。「私が大切にしたいと思うものを共に大切に思ってくれる伴侶」という言葉はまさに愛情の原点を指し示す言葉であり、最大の愛情表現でもある。歴代天皇のなかでこのような言葉で自らの伴侶を讃《たた》えることのできた天皇はいなかったのではないかと、私は思っている。

これ以上ないカップルであるが、当然のことながらその道にはさまざまな困難や悲しみがあったことも我々は知っている。

かの時に我がとらざりし分去《わかさ》れの片への道はいづこ行きけむ

皇后（平成七〔一九九五〕年）

拙著『現代秀歌』（岩波新書）でも取り上げた一首であるが、深い思いのこもった歌である。信濃《しなの》追分《おいわけ》に、北国《ほっこく》街道と中山道《なかせんどう》の分岐点として「分去《わかさ》れ」の碑があるという。「分去れ」にはそれも意識の片隅にあっただろうが、この一首では、自らが人生の「かの時」に選択を迫られた分岐点ととっておきたい。自分が採らなかったもう一方の道、「片への道」は、もしそちらを選択していたとしたら、どこへ通じていたのだろう、と回想しておられるのだ。「かの時」とは言うまでもなく、皇太子さまの求婚を受けるかどうかという決断の時であったはずだ。この決断に要した心の揺れは、我々には到底想像の及ぶところではないが、選択ののちにもこれで良かったのだろうかという心の揺れがなかったわけではないだろう。

初めて民間の出として皇室に入り、まったく違った世界のなかでかずかずの「いじめ」があったことも今ではよく知られている。美智子さまご自身は決してそのことを公にはお話しにならなかったが、そのような折に、もしこの道を選ばなかったらと、自らの人生の別の可能性に思いが及ぶことも当然あっただろう。

しかし、この歌が作られたのは平成七（一九九五）年。別の見方をすれば、そんな心の奥深く封じてきた思いをようやく表現できるだけの、心の余裕が美智子さまに生まれていたことの表れでもあったのだろう。

歌は、このような心の奥深くにある思いを、さりげなく表現してくれる詩型である。そこにこそ、自らが歌を詠む理由も、人の歌を心をこめて読む理由もあるのだ。

44

ベルリンの壁と昭和天皇

父在《ま》さば如何《いか》におぼさむベルリンの壁崩されし後の世界を

平成二十一（二〇〇九）年　天皇

平成二十一年という年は、両陛下の結婚五十年にあたっていたが、その二十年前、結婚三十年の年は、昭和天皇が崩御され、元号が平成となった年でもあった。

その年一九八九年には、ベルリンの壁が崩壊し、想像を超えた速さで、欧州全体が揺れ動き始めた。二十八年間にわたり、ドイツを分断していた東西の壁が消えたばかりでなく、その後、東西冷戦終結宣言、ソビエト連邦の崩壊と、歴史的な激動の時代に突入したのである。

昭和天皇は、遂《つい》にこの歴史的な激変を見ることなく亡くなってしまった。掲出歌には「即位のころをしのびて」という詞書《ことばがき》が付されているが、昭和天皇崩御とベルリンの壁崩壊は対をなして陛下の記憶のなかに顕《た》ち現れてくるものなのであろう。もし父君がベルリンの壁の崩壊とその後の欧州の激変を正目《まさめ》にご覧になったら、どう思われただろうかと詠《うた》われたのも自然である。

この一首の背景としてはそれで十分なのであろう。それを認めたうえで、私はこの御製には天皇陛下のいま少し深い思いがあるように思えてならないのである。恣《し》意《い》的な読みと言われるのを覚悟で、あえて私なりの読みを試みたいと思う。

ベルリンの壁は、ドイツという国を二分し、ベルリンという一つの市を二分する〈分断〉の象徴であった。このような戦争の傷跡は、当事国のどこにも多かれ少なかれ残るものではあるが、わが国においては、その象徴が沖縄であった。

昭和二十七（一九五二）年、サンフランシスコ講和条約が発効して、連合国による占領から、わが国の主権が回復したと言われる。しかし、そこから取り残された沖縄が日本に復帰するのは、それから二十年ものちのことであった。ドイツだけでなく、わが日本も、戦後二十年間にわたる〈分断〉を強いられてきたのである。

われわれ日本人は、ともするとその過酷な歴史を忘れ、現在も強いられている過重な基地負担という、沖縄の置かれている現状に目をつむりがちである。その現状に繰り返し言及してこられたのが平成の天皇である。

その天皇陛下にとって、父君なる昭和天皇が、沖縄をどのように思っておられたかは大きな問題であったはずである。そのような思いをかすかに揺曳《ようえい》させつつ詠まれたのが先の御製だと、私には思われてならない。

昭和天皇は亡くなる少し前、昭和六十二（一九八七）年九月に、

思はざる病となりぬ沖縄をたづねて果さむつとめありしを

なる一首をお作りになった。昭和天皇にとって沖縄訪問は積年の悲願であった。それがこの年の沖縄国体へのご臨席という形で叶《かな》うことになったのである。ところが突然の発病により沖縄行幸はやむなく取りやめとならざるを得なかった。痛恨の思いであっただろうと思われる。

「沖縄をたづねて果さむつとめ」とは、単に国体出席だけではなかったはずだ。「果さむつとめ」という重い言葉は、長いあいだ胸中に抱えてこられた、沖縄の人々への思いを述べることを意味してはいなかっただろうか。いまやそれを知るすべはないが、昭和天皇が直接沖縄を訪れ、沖縄の人々への思いを語って欲しい、それを誰よりも望んでおられたのが時の皇太子殿下ではなかっただろうか。

昭和天皇崩御とベルリンの壁崩壊は、単に同年の出来事であったというにとどまらず、べ

ルリン同様〈分断〉を強いられてきた沖縄の人々への思いを、遂に表明することなく亡くなってしまった父君の無念において、この二つは平成の天皇の内部において深く繫《つな》がっていたはずである。そのような心情を掲出の一首から読み取るべきではないかと、私は思っている。

45

若田光一さんとはやぶさ

夏草の茂れる星に還り来てまづその草の香を云ひし人

平成二十一（二〇〇九）年　皇后

平成二十一年三月、スペースシャトル「ディスカバリー」で国際宇宙ステーションに到着した若田《わかた》光一《こういち》さんは、日本人として初めて宇宙に長期滞在を果たした。日本実験棟「きぼう」を完成させ、多くの宇宙実験をこなして、迎えの「エンデバー」で無事帰還を果たしたのは実に四カ月半ぶりのことであった。

美智子さまの御歌は、この帰還を詠ったものであり、記者会見での若田さんの言葉に触発されている。着陸時の第一印象を尋ねられ「ハッチが開いて草の香りがシャトルに入ってきた時には優しく地球に迎えられた感じがした」と答えたのである。

文字通り草木一本生えることのない宇宙空間にあって、唯一この地球にだけは草が生え、花が咲き、木が茂っている。その優しさに迎えられたという第一声に感動した人は多かっただろう。「まづその草の香を云ひし人」には、美智子さまも同様にその言葉に強く心を動かされたことがさりげなく表現されている。

名を呼ぶはかくも優しき宇宙なるシャトルの人は地の人を呼ぶ

皇后（平成四〔一九九二〕年）

美智子さまには、シャトルを詠まれたこんな一首もあった。日本人初の宇宙飛行士として「エンデバー」に乗り込み、帰還後に「宇宙からは国境線は見えなかった」という有名な言葉を残したのは毛利衛《もうりまもる》さんであった。

美智子さまは、この年の誕生日の文書回答でも、この一年で印象深かったことを尋ねられて「スペースシャトルと地上班との間で、お互いに名前を呼び合いながら、交わされた宇宙実験中の会話」を挙げておられた。シャトルの毛利さんと、地上の向井千秋《むかいちあき》さん、土井隆雄《どいたかお》さんらがマモル、チアキ、タカオなどと互いにファーストネームで呼び合っていた光景を「名を呼ぶはかくも優しき」と感じられたのだ。

私なども一歩日本を出ると、誰からも「Ｋａｚ《カズ》」と呼ばれ、私もまた友人たちをファーストネームでしか呼ばないが、この親しさと自由さは大いに気に入っている。日本人同士であってても名を呼び合っていて、それが宇宙と地球との間で交わされているのは、どこか不思議に優しいニュアンスと感じられたのだろう。

その帰路に己れを焼きし「はやぶさ」の光輝《かがや》かに明かるかりしと

皇后（平成二十二年）

小惑星探査機「はやぶさ」が地球に帰還したときの御歌である。平成十五（二〇〇三）年に打ち上げられた「はやぶさ」は姿勢制御装置やエンジンの故障、燃料漏れ、通信途絶と、一時は帰還が絶望視されていた。川口淳一郎《かわぐちじゅんいちろう》リーダーのもと、プロジェクトチームの懸命の復旧作業の結果、奇跡的に帰還を果たしたのは七年後のことである。小惑星イトカワの岩石の微粒子を含んだカプセルが回収されたが、六十億キロもの距離を航行して、月以外の天体との往復を果たしたのは世界初の快挙である。

絶望的な悪戦苦闘の末の快挙であっただけに、大気圏に突入し明るく燃えながら落ちる「はやぶさ」の姿は、どこか悲壮な美しさを伴っていた。美智子さまの御歌は、その姿に感動されたものである。その感動は多くの日本人の共有するものであり、映画にもなった。

これらの歌には、皇后という立場を離れ、一人の日本人としてこの快挙を誇らしく思う率直な喜びが語られている。そんな国民と同じ目線でつづられる感動は、一方で、皇室と国民をより親しく繫《つな》ぎとめる役割をも担っているのだと言えよう。

46

東日本大震災

黒き水うねり広がり進み行く仙台平野をいたみつつ見る

平成二十三（二〇一一）年　天皇

平成という時代は、苛烈《かれつ》な自然災害に多く見舞われた時代として人々に記憶されるかもしれない。なかでも最大の被害と被害者数を記録することになったのが東日本大震災である。平成二十三年三月十一日午後二時四十六分、東北地方に未曾有《みぞう》の大地震が発生した。宮城県牡鹿《おしか》半島の東南東沖百三十キロを震源とするマグニチュード9・0という、日本周辺では観測史上最大の地震である。宮城県では最大震度7を観測し、東京都内でも5強と、北海道から九州までの広範囲にわたるものであった。

地震による被害は大きかったが、それ以上に大きな被害が直後に襲った津波によるものであったことが、この震災を特徴づける。十メートルを超える津波が押し寄せ、青森県から千葉県まで太平洋に面する広大な地域の多くの町を壊滅させ、一万八千人以上の死者・行方不明者を出したのである。

平成という時代の災害情報取得については、被災地の現状がまさにリアルタイムで国民に共有されるようになったことがその特徴である。どこまでも川を遡《さかのぼ》ってゆく津波、数えきれない家々や車を巻き込みつつ、たちまち町を呑《の》み込んでしまう津波、これらのいまなお記憶に生々しい映像を見ては、ただただ声を失うしかなかった。

天皇陛下がどの映像を見ておられたかまではわからないが、冒頭の御製では「黒き水うねり広がり進み行く」と動詞が次々に重ねられているところに、「黒き水」のその圧倒的な力を、声を出すことも忘れて茫然《ぼうぜん》と見入っておられた様子がうかがえる。もちろんわれわれと同様初めて目にされる光景でもあっただろう。しかし「仙台平野をいたみつつ見る」という下句には、その向こうに、実際には見えないながらも、人々の姿を必死の思いで見ようとしておられたのであろうことがうかがい知れる。

さらにこの大震災では、そこに原発事故が重なったことが被害と苦しみをいっそう大きくすることになった。東京電力福島第一原子力発電所の1号機から4号機までが、地震によって外部電源を失い、そこに津波を被って全電源喪失状態となった。原子炉内部や核燃料プールへの注水が不可能となり、原子炉建屋での爆発や炉心溶融（メルトダウン）を引き起こしたのである。

これにより東京電力は電力の供給が十分ではないと判断し、計画停電が行われることになった。官庁街や皇居のある千代田区は対象範囲外であったが「ノルマが課されていないということは、逆に自分たちで厳しく律していくということ」とのお考えから「御所は自主的にこの計画に加わる」(元侍従長川島裕《かわしまゆたか》『随行記』文藝春秋)ようにと指示があったという。夕方から夜にかけての御所での会議は蠟燭《ろうそく》の灯のもとで行われた。

本来なら一刻も早く被災地に赴いて、人々を励ましたい。しかし、被災者の救出、救援で手いっぱいのところへ行くことは地元の負担を増やすことにもなる。そのジレンマから、急遽《きゅうきょ》、陛下ご自身がテレビを通じて被災地の人々へお悔やみと励ましの言葉を直接伝えられることになった。被災から六日目、三月十六日にビデオ放映されたものである。

その終わり近くには「被災者のこれからの苦難の日々を、私たち皆が、様々な形で少しでも多く分かち合っていくことが大切であろうと思います」と述べられたが、その真摯《しんし》な思いは、早くも三月末から始まった被災者への激励の旅となって実現されることになる。七週連続で一都六県の被災者を見舞うという前代未聞の旅が始まるのである。

47

七週連続の被災地訪問

何事もあらざりしごと海のありかの大波は何にてありし

平成二十三（二〇一一）年　皇后

三・一一、東日本大震災の後、宮内庁長官や侍従長は当初、両陛下による被災地のお見舞いを「被災の中心をなす東北三県、就中《なかんずく》、死者、行方不明者の最も多い宮城県が訪問先になろうかと想定していた」という（川島裕『随行記』）。被災地が落ち着いてから、どこか代表的な地への訪問を考えていたのだ。

ところが陛下の提案はそれとはまったく違ったものであった。まずできるだけ早く、被災地の人々を東京と埼玉の避難所に見舞うことから始めたい、その後、被災地に負担をかけない時期に、東北の三県を訪問したいとおっしゃったのだという。

当時七十七歳と七十六歳になっておられた両陛下にとってこの計画はあまりにも負担が大

きいと、宮内庁側ではすぐには同意できなかったが、できるだけ早く行けるところから始めたいという陛下の気迫に押される形で、三月三十日に東京武道館、四月八日には埼玉県加須《かぞ》市の避難所への訪問が実現した。

その後、津波被害の大きかった千葉県旭市（十四日）、茨城県北茨城市（二十二日）と、まさに週一回のペースでお見舞いが組まれた。先方の負担を減らすため、車による日帰り訪問である。旭市へは往復四時間半、北茨城市は往復七時間という過酷な日帰りの旅であった。

東京電力福島第一原発の爆発事故による放射性物質放出という最悪の事態が明らかになったのは、地震翌日の十二日であったが、これは周辺住民の強制避難を招いただけでなく、原発事故による風評被害が大きな問題になり始めていた。最初、地元の負担を考え、弁当などを持参されていたが、北茨城市訪問時からは、少しでも風評被害に対して支援したいというお気持ちから、地元のものを食べられることになった。

「両陛下は、地元で獲れたマコガレイやヒラメ、穴子など、土地の人が一生懸命に調理したお魚を、残さず召し上がった」と川島は記している。

四月二十七日からはいよいよ最大の被害を出した宮城県訪問となった。車では無理であり、航空自衛隊のＵ‐４型輸送機とヘリコプターを乗り継いで現地に向かう。松島基地からヘリで南三陸町に向かわれる間、両陛下は「眼下に展開する各地域の壊滅的な状況を、ただじっと見つめ続けておられた」(前掲書)。

津波来《こ》し時の岸辺は如何なりしと見下ろす海は青く静まる

天皇(平成二十四年)

翌平成二十四年の歌会始、「岸」のお題で詠《よ》まれた御製であるが、このヘリから見られた光景であろうか。冒頭に掲出の美智子さまの御歌も陛下と見た景であったかもしれない。壊滅的な被害の爪痕《つめあと》を残しながら、今日、この海はなんと穏やかに凪《な》いでいるのか。この不条理にも似た自然の営みを見ては「かの大波は何にてありし」と思わざるを得ないのである。

仙台市の体育館では、一人の主婦が津波で流された自宅の跡地で見つけたものだと、一束の黄水仙を皇后さまに差し出した。美智子さまはヘリと自衛隊機を乗り継ぐ間もずっと花束を握り、皇居まで持ち帰られたという。

私たちは当然、阪神・淡路大震災の折、皇后さまが皇居の水仙を、神戸市長田区の被災現場に供えられたことを思い出すだろう。〈皇后さまの水仙〉は長田区の復興のシンボルともなったが、今度は逆に被災者からの水仙が、皇后さまに託された。これら二つの水仙は、見事に一つの物語を形成していよう。

皇后美智子さまという存在を介して、被災者たちの互いの連帯が、時と場を超えてくっきりと刻印されたのである。

48 再生への願い

今ひとたび立ちあがりゆく村むらよ失《う》せたるものの面影の上《へ》に

平成二十四（二〇一二）年　皇后

宮城県南三陸町から仙台へのご訪問の翌週、両陛下は、平成二十三（二〇一一）年五月六日に岩手県釜石市と宮古市を、十一日には福島県福島市と相馬市を見舞われた。毎週休みなく続けられたこの一連のご訪問、一都六県計七回にわたる訪問はひとまず締めくくられたのである。

しかし、被災者たちへの気遣いはそれで終わりということは決してなかった。毎年元日には、前年に作られた天皇陛下の御製五首、皇后陛下の御歌三首が発表されている。平成二十三年、天皇陛下は五首のうち四首で、皇后陛下は三首すべてで東日本大震災をお詠みになった。一部を挙げる。

津波寄すと雄々しくも沖に出でし船もどりきてもやふ姿うれしき　天皇

「生きてるといいねママお元気ですか」文《ふみ》に項傾《うなかぶ》し幼な児眠る　皇后

全て挙げられないのが残念だが、御製は、相馬市において、地震後直ちに船を沖へと避難させ、津波による被害を免れたことをお聞きになって、その決断に驚き、また無事を喜ばれたものである。

皇后陛下の御歌は、津波で両親と妹を亡くした四歳の少女が「ままへ。いきてるといいねおげんきですか」と手紙を書きながら、その上にうつぶして寝入ってしまった新聞写真をご覧になっての一首である。寄る辺のない幼児が蒙《こうむ》る悲劇に、国民の目線で同じように悲しみを共有しようとされる姿勢が感動を生むのであろう。

翌平成二十四年にも宮城県、長野県（長野県北部地震の被災者ご訪問）、福島県と両陛下の被災地訪問とお見舞いが続いた。五月の仙台市訪問に際しては、その数日後にエリザベス英女王の即位六十年行事のため訪英の予定があった。両陛下の負担を思って、奥山恵美子仙台市長はあえてこの時期にお出でにならなくても、もっと後でもと提案したのだという。それに対して「英女王の招待ももちろん大事ですが、被災地を訪問せず訪英するという判断はありません。被災地に行かずに海外に行くことはないと陛下はお考えです」という返事が宮内庁から届いたという（朝日新聞社会部『祈りの旅』）。記憶しておきたい言葉である。

冒頭の皇后さまの御歌は、それらの訪問の際のものである。壊滅的な被害から健気《けなげ》に立ちあがる人々を見ることのできる喜びと頼もしさ。しかし、その一見ポジティブな行為とは裏腹に、ひとりひとりの内面には「失せたるものの面影」が常に去来していた筈《はず》である。それらと必死に闘いながら再生への願いを紡いでいるのだという、微妙でしかしもっとも大切な、喜びと悲しみの綯《な》い交ぜになった複雑な思いを見逃さない。深い共感のうえに成立した御歌である。

慰霊・追悼行事へのご臨席も実はこの時期、無理を押してのものであった。平成二十三年の「東日本大震災消防殉職者等全国慰霊祭」への天皇陛下のご臨席は、気管支炎、マイコプラズマ肺炎で十九日間入院の、わずか五日後のことであった。また翌二十四年三月の「東日本大震災一周年追悼式」は、東大医学部附属病院で心臓バイパス手術を受け、二週間余り入院されて、退院後一週間でのご臨席であった。

東日本大震災から一年、政府主催の追悼式で祭壇に向かって黙とうする天皇、皇后。2012 年 3 月 11 日。東京都千代田区の国立劇場（写真　時事）

普段洋装の喪服でご臨席になる皇后さまが、この時は、もしもの場合、ヒールの靴より、咄嗟《とっさ》に陛下を支えることができるよう黒のお着物、草履でお出でになったという一事（川島裕『随行記』）をとってみても、両陛下が如何《いか》にこれら慰霊・追悼を国民と共に行いたいと願っておられたかがうかがえよう。

49

皇室をあげて被災者と共に

湧水《ゆうすい》の戻りし川の岸辺より魚影《ぎょえい》を見つつ人ら嬉しむ

平成二十四（二〇一二）年　秋篠宮文仁

自然災害の多かった平成という時代の中で、最大の被害をもたらしたのが東日本大震災であることは改めて言うまでもないが、この未曾有の災害の被災地を訪れ、人々を励ましたのは天皇皇后両陛下のみではなかった。

時の皇太子ご夫妻、秋篠宮ご夫妻をはじめ、常陸宮ご夫妻、また三笠宮信子《みかさのみやのぶこ》さまや彬子《あきこ》さま、また高円宮久子《たかまどのみやひさこ》さまなども繰り返し被災地を訪れておられる。震災の年だけでなく、その後も復興状況の視察は続いた。天皇皇后両陛下の思いを受け継ぎ、皇室をあげて被災者と「共にあろう」という姿勢を示していると捉えるべきだろう。

掲出の一首は平成二十四年の歌会始に「岸」のお題のもとに詠進されたものである。震災で栃木県内にある川の湧水が枯渇し、そこに生息する魚のイトヨなど希少種の生存が危ぶまれた。だが数カ月後に湧水が戻り、イトヨなど多くの魚が生き延びることができた。その喜びを人々と共有する歌である。

魚類にも詳しい秋篠宮さまは岩手県の大槌《おおつち》川水系のイトヨにも以前から強い関心を寄せ、震災の年の五月には慰問のためご夫妻で大槌町《おおつちちょう》を訪ねられた。平成二十六年には長女の眞子さまとも再び訪れ、イトヨを介した交流が続いている。

春あさき林あゆめば仁田沼の岸辺に群れてみづばせう咲く

皇太子妃雅子（平成二十四年）

皇太子ご夫妻は平成八（一九九六）年に福島県土湯《つちゆ》温泉を訪ね、十万本の水芭蕉《みずばしょう》が群生する仁田《にだ》沼の辺りを歩かれた。その福島県にも平成二十三年七月にお見舞いに訪れられたが、この一首は美しかった福島の自然を想《おも》うとき、震災、津波、原発事故という三重苦に苦しむ人々の現実とのあまりにも大きな落差に驚き、悲しまれた歌である。

海草《うみくさ》は岸によせくる波にゆらぎ浮きては沈み流れ行くなり

常陸宮正仁《まさひと》（平成二十四年）

単なる自然詠と言ってもいい。しかし歌は「場と時」によって読みが影響を受けるものである。恐らくは被災地訪問の際に詠まれた一首と思われる。目を和ませる長閑《のどか》な景であるが、津波の猛威を見せつけられた我々人間には、そんな穏やかな景にさえ、波に攫《さら》われた人々を一瞬でも思い浮かべずにはいられない。何も表立っては震災について述べないが、暗にその悲劇を喚起する、怖《おそ》ろしくもすぐれた一首である。

被災地の復興ねがひ東北の岸べに花火はじまらむとす

常陸宮妃華子（平成二十四年）

常陸宮ご夫妻は青森県をお見舞いに訪れ、そこで東北の夏祭りが例年通り行われることを聞いて喜ばれた。かつてその地で見た花火を思い出しつつ詠まれた一首である。

相馬市の海岸近くの避難所に吾子ゐるを知り三日眠れず

奈良県　山﨑孝次郎

巻き戻すことのできない現実がずつしり重き海岸通り

福島県　澤邊裕栄子

これら二首は平成二十四年の歌会始に入選したものである。奈良にすむ山﨑さんは長く安否のわからなかった子が避難所にいることを知り、喜びと心配で三日も眠れなかったと詠《うた》う。澤邊さんは福島在住。まさに「巻き戻すことのできない現実」はそのままの重さで日々を領していたことだろう。いずれも切実な声である。

歌会始は皇室の行事であるが、それはまた皇室と人々が互いに思いを通わせる場でもある。そのような役割をこれからも大切にしてゆきたいものだ。

50
心臓バイパス手術

手術せし我が身を案じ記帳せるあまたの人の心うれしき

平成二十四（二〇一二）年　天皇

天皇陛下は平成二十三年二月に冠動脈の造影検査を受け、血管の硬化と一部に狭窄《きょうさく》が見られたため、投薬治療が行われていた。平成二十四年二月に再検査の結果、狭窄が前年より進行し、狭心症の診断となった。

冠動脈は心筋に栄養や酸素を送る血管であるが、そのうち二本に狭窄があって、別の部位の血管をつないで迂回路《うかいろ》を作る手術が行われることになった。金澤一郎皇室医務主管のもと、東大の永井良三《ながいりょうぞう》（循環器内科）、小野稔《おのみのる》（心臓外科）、順天堂大の天野篤《あまのあつし》（心臓血管外科）教授らによる合同チームが組まれた。

執刀医となった天野教授は約四千件にものぼる心臓バイパス手術の実績を持ち、心臓を動かしたまま迂回用の血管をつなぐオフポンプ術式の冠動脈バイパス手術では世界の第一人者であった。

陛下は二月十七日に東大医学部附属病院に入院され、翌十八日午前十一時に始まった手術は約四時間をかけて無事終了した。医師団から「これ以上ない素晴らしい手術ができた」との言葉が出るなど、完璧に近いものとなったようだ。

宮内庁は陛下の入院の十七日より、各所に記帳所を設けた。皇居坂下門《さかしたもん》の記帳所には最初の二日間だけで一万四千人以上の記帳があった。記帳所は退院の三月四日まで設けられていたが、全国で九万七千八百九十九人が記帳に訪れたという。

そんな、十万にも届こうかという数の人々が、「我が身を案じ」記帳に訪れてくれたことへの感謝の思いが、御製に詠われているところである。

退院されたのは三月四日。そのわずか一週間後、十一日には「東日本大震災一周年追悼式」にご出席になったことは前々項に記した。実は手術のタイミングはこの追悼式に出席するために、天皇陛下ご自身が希望されたものであったことを、我々は後《のち》に知ることになる。

平成二十四年の誕生日記者会見で「時期については、東日本大震災一周年追悼式に出席したいという希望をお話しし、それに間に合うように手術を行っていただきました」と述べられたのである。

私は何が何でも皇室尊しといった過剰な皇室讃美《さんび》にならぬように注意しつつ、本書を書いているつもりである。しかし、このような天皇陛下の思いに触れる時、やはり深い感動を覚えると正直に言っておきたい気がするのである。

天地《あめつち》にきざし来たれるものありて君が春野に立たす日近し

皇后（平成二十五年）

いくら成功したとはいえ、大手術であったことには変わりなく、術後も必ずしも順調とばかりは言えなかった。胸水がいつまでも抜けず、二度にわたり穿刺《せんし》によって抜くなどの処置がとられた。傍らで見守っておられた美智子さまにとっては「一時は、これで本当によくおなりになるのだろうかと心配いたしました」（平成二十四年誕生日文書回答）と述べておられるように、気が気ではない日々であったことだろう。

そんな不安な日々が喜びに変わっていくのは春の訪れを聞く頃であった。「天野先生が（陛下の）御退院時に言われたとおり、春の日ざしが感じられるようになった頃から、御回復のきざしがはっきりと見えてまいりました」（同）という。ご一緒に御所の門を出て、ノビルやフキノトウを摘むまでに回復されたのだ。

皇后さまの御歌は翌平成二十五年の歌会始に「立」のお題のもとに詠進されたものであるが、まさにそのような喜びを詠まれたものであろう。「天地《あめつち》にきざし来たれるものありて」には、新しい生命の息吹をさえ感じさせるような喜びが満ちている。

第五章

果てしなき慰霊の旅、互いへの信頼

51

沖縄戦への思い

弾を避けあだんの陰にかくれしとふ戦《いくさ》の日々思ひ島の道行く

平成二十四（二〇一二）年　天皇

毎年恒例となっている天皇皇后両陛下の地方行幸啓《ぎょうこうけい》として、全国植樹祭、国民体育大会、そして全国豊かな海づくり大会の三つがあるが、このうち海づくり大会は皇太子時代から関わっておられ、即位後、新たな天皇の公務として定着したものである。これら三つの大会への思いを毎回歌として発表されている。

ち《チ》ゆ《ユ》ら《ラ》海よ《ウミユ》願て《ニガティ》糸《イチュ》　満の《マンヌ》海に《ウミニ》み《ミ》ー《ー》ば《バ》い《イ》と《トゥ》た《タ》ま《マ》ん《ン》小魚《クイユ》放ち《ハナチ》

天皇（平成二十四年）

平成二十四年の第三十二回全国豊かな海づくり大会では、場所が沖縄県糸満市であったことから琉歌《りゅうか》をお詠みになった。美しい海になることを願って、糸満の海にみーばい（ヤイトハタ）と、たまん（ハマフエフキ）を放ったよ、という意味になろうか。陛下は長く、八・八・八・六の音からなる琉歌を作り続けておられるが、沖縄古来の歌である琉歌を、沖縄の人々にも、そして全国の人々にも知ってほしい、大切にしてほしいという願いからであろう。

この沖縄訪問は皇太子時代から数えて九度目、即位後四度目のものであり、その訪問の多さは、沖縄への強い思いを抜きにしては考えられない。

同年の誕生日記者会見では「万座毛という所は、歴史的にも琉歌で歌われたりしていまして、そこを訪問できたことは印象に残ることでした」とも述べられ、また、

万座毛《まんざもう》に昔をしのび巡り行けば彼方恩納岳《あがたおんなだき》さやに立ちたり

天皇（平成二十五年）

なる一首を、翌年の歌会始でも詠まれている。この「昔をしのび」には、記者会見でも述べられたように、琉歌にも詠《うた》われている昔を偲《しの》ぶの意も含まれていよう。

万座毛は万人が座れるほどの広い草原との意で、琉球王朝の尚敬王《しょうけいおう》が名づけたという。王

が沖縄本島の恩納《おんな》村を訪れたとき、当時の女流歌人、恩納《おんな》なべが詠んだ「波の《ナミヌ》声《クイン》もとまれ《トゥマリ》風の《カジヌ》声《クイン》もとまれ《トゥマリ》　首里《スイ》天加那志《ティンガナシ》　美《ミ》御機《ウンチ》拝ま《ウガマ》」という琉歌があり、歌碑（表記が少し異なる）としても残されている。「波の声も止まれ、風の声も止まれ、いま私が首里《しゅり》の王のご機嫌を伺うから」というほどの意味。

冒頭の御製《ぎょせい》は苛烈であった沖縄戦の悲劇を思いつつ、島の道を辿《たど》るときの思いが詠われているが、「弾を避けあだんの陰にかくれしとふ」が歌のポイントである。あだんはパイナップルに似た実をつける木で海岸縁に生える。その木伝いに逃げまどう人々の苦難と恐怖は、後の世の人々が思い出してこそ、歴史としての意味があるのである。

この年の誕生日の記者会見でも沖縄をどうとらえるべきかについてお考えを述べておられる。少し長くなるが、陛下のお考えがもっとも集約されている一節でもあるので、その部分を引用しておこう。

日本全体の人が、皆で沖縄の人々の苦労をしている面を考えていくということが大事ではないかと思っています。地上戦であれだけ大勢の人々が亡くなったことはほかの地域ではないわけです。そのことなども、段々時がたつと忘れられていくということが心配されます。やはり、これまでの戦争で沖縄の人々の被った災難というものは、日本人全体で分かち合うということが大切ではないかと思っています。

私は個人的には、右のお言葉のなかで「日本全体の人が、皆で沖縄の人々の苦労をしている面を考えていくということが大事」（傍点筆者）という部分が、現在形で語られていることにまず注目をしておきたいと思っている。沖縄の人々が現在も抱えている困難にその視線が届いていると感じるのは私だけだろうか。

さらに、「段々時がたつと忘れられていくということが心配」と「これまでの戦争で沖縄の人々の被った災難というものは、日本人全体で分かち合う」べきだとの部分に陛下の思いの核があるだろう。私たちもいま一度そんな思いを共有しておきたいものである。

52

皇后と石牟礼道子

慰霊碑の先に広がる水俣の海青くして静かなりけり

平成二十六（二〇一四）年　天皇

平成二十五年十月、天皇皇后両陛下は、第三十三回全国豊かな海づくり大会ご臨席のため、熊本県を訪問された。合志《こうし》市のハンセン病療養所、菊池恵楓園《きくちけいふうえん》を訪問された後、初めて水俣市を訪れられた。水俣では全国豊かな海づくり大会の行事としての稚魚の放流に先立って、エコパーク水俣に建てられている「水俣病慰霊の碑」へ供花され、水俣病の患者たちと面会されたのである。

新日本窒素肥料（現・チッソ）水俣工場が水俣湾に廃棄していた排水に、有毒なメチル水銀が含まれており、これが魚介類に濃縮・蓄積し、それを食用としていた人々に中毒症を引き起こした。水俣病である。メチル水銀は四肢末梢神経《まっしょうしんけい》の感覚障害や運動失調、言語障害などを含む種々の症状を呈し、死亡例も多くみられる。被害者の総数は非常に多く今も把握されていない。

患者第一号が公式確認されたのは昭和三十一（一九五六）年であった。昭和三十四年には「猫踊り病」などとも呼ばれた「奇病」が有機水銀によるものと発表された。しかしこれがチッソ水俣工場における、アセトアルデヒドの製造過程で生じる有機水銀による中毒であることを政府が公式に認めたのは、実に昭和四十三年になってのことだった。

両陛下は水俣病の患者らが作る「水俣病資料館語り部の会」の患者たちとの面談では、伝染病などというデマを始め、謂《いわ》れのない偏見や差別に苦しんできた患者たちの言葉に、予定時間を大幅に超えてじっと耳を傾けられ、それを語り継ぐことの大切さなどを話されたという。

患ひの元知れずして病みをりし人らの苦しみいかばかりなりし
あまたなる人の患ひのもととなりし海にむかひて魚放ちけり

天皇（平成二十五年）

掲出の慰霊碑の御製を含め、水俣三部作ともいうべき三首だが、いずれも水俣病の患者に思いを寄せる歌である。

この他に当初お忍びで組まれたもう一つの面会があった。お二人だけで胎児性水保病患者と会われたのである。母親が妊娠中にメチル水銀を摂取し、胎児期にその中毒を受けた子どもたちである。生まれることなく死亡した例が多かったが、奇跡的に生まれ育ち、しかし重度の障害を持つ患者たちがいる。そんな患者の二人とお忍びでお会いになった。車椅子で、しかも重度の言語障害を持つ二人の言葉にじっと耳を傾けられ、励まされたという。

この面会は、代表作『苦海浄土　わが水俣病』（講談社）で知られる作家、石牟礼道子《いしむれみちこ》と皇后さまの出会いがそのきっかけを作ったようだ。社会学者故鶴見和子《つるみかずこ》を偲ぶ「山百合忌」は、石牟礼ともゆかりが深い出版社の藤原書店主催で毎年行われているが、美智子さまも何度か出席されている。胎児性水俣病患者と会ってやってほしいという希望は、石牟礼から人を介して美智子さまにも伝えられていたというが、病気を押して「山百合忌」に出席した石牟礼の思いが通じたのだろうか、わずかな時間をやりくりして面会が実現した。異例のことであり、直前まで関係者にも伏せられていたというが、両陛下がこの面会を何とか実現させたいという強い思いからなる計画であったのだろう。

水俣病に代表される公害病。表面上は適正に処理し、すでに解決済みとされる場合が多い。しかし当の患者はその生涯を後遺症に苦しみ続けるのである。そんな終わりのない苦痛と苦悩に寄り添っていくという両陛下の強い思いを背景に置くとき、冒頭の御製は、また別の読みに私たちを誘《いざな》うのではないだろうか。

慰霊碑の背後には、青く静かな水俣の海が広がっている。結句「静かなりけり」からは、静かではあっても、すべてを見つめ続けてきた海の気迫のようなものが感じられる。それは海の気迫ではあろうが、また陛下ご自身の覚悟でもあるように感じられるのである。

53 左手のピアニスト

左手《ゆんで》なるピアノの音《ね》色耳《いろじ》朶《だ》にありて灯《ひ》ともしそめし町を帰りぬ

平成二十五（二〇一三）年　皇后

右の一首は、平成二十五年十一月、美智子さまが東京オペラシティに赴き、舘野泉《たてのいずみ》のピアノコンサートを聴かれた折の御歌《みうた》である。

舘野泉は二十代後半よりフィンランドのヘルシンキを拠点として活動を続けてきたピアニストである。二〇〇二年にフィンランドで脳出血に倒れ、右半身麻痺《まひ》の後遺症が残った。しかし、リハビリを経て、左手一本で演奏を行う「左手のピアニスト」として復活した。

左手のみで弾かれるピアノの快い音色がまだ耳（耳朶《じだ》）に残っている。幸福な時間に浸っていると、速く時は過ぎゆくという気分であろう。

一九八五年、時の皇太子皇太子妃両殿下はフィンランドで初めて舘野に出会い、美智子さまは自らもピアノをよく弾かれることから親交を深めてこられた。その親交が特別に意味深いものになったのは平成五（一九九三）年、心無い中傷によって倒れ、声を失われた時であった。

失意の美智子さまを励ますためであっただろう、舘野は赤坂御所に招待され、そこでシベリウスの曲を数曲弾いてお慰めした。帰ろうとすると、陛下や紀宮さまからもう少しと、お声がかかり、さらに美智子さまが筆談で「私も弾いていいですか」とおっしゃったという。そして、シベリウスの「樅《もみ》の木」を自ら弾かれたのであった。

　失はれし音ゆびさきより生《あ》れて鳴るかの日「もみの木」を弾きたまひし君

紀宮清子（平成九年）

「皇后様、お言葉を失われし日々に」という註《ちゅう》を持つ一首である（『ひと日を重ねて　紀宮さま御歌とお言葉集』大東出版社）。「君」は皇后さま。母君を最も案じ、常に寄り添いながら献身的な介護をされたのが紀宮さまであった。声としては失われてしまった「音」が、いま「ゆびさきより」溢《あふ》れてくるように感じられたのに違いない。

翌日、紀宮さまから舘野に電話があり「昨夜は母が言葉を取り戻すかと思いました」と喜びを伝えられたという。ＣＤ「アイノラのシベリウス」に舘野自身が記している。

美智子さまは、舘野が左手だけの演奏活動を続けるようになってからは、足しげくその演奏会に出かけておられる。自らの失意の日々に受けた励ましへの恩返しでもあっただろう。平成十六（二〇〇四）年にフィンランド大使館で、舘野との連弾を提案されたのは美智子さまであった。そのため、作曲家の吉松隆《よしまつたかし》が自作の小品を編曲し、それを二人で、「三手連弾」として演奏されたのだという。

いまひとたび朝山桜みひたひに触れてわが師の蘇《よみがへ》らまし

皇太子妃美智子（昭和五十三〈一九七八〉年）

静けくも大きくましし君にして「見ず」とはいはず亡きを嘆かむ

皇太子妃美智子（昭和六十二〈一九八七〉年）

歌の師の五島美代子《ごとうみよこ》、佐藤佐太郎《さとうさたろう》を悼む御歌である。一首目は〈目さむればいのちありけり露ふふむ朝山ざくら額《ぬか》にふれゐて〉（美代子）、二首目は〈杖ひきて日々遊歩道ゆきし人このごろ見ずと何時人は言ふ〉（佐太郎）のそれぞれの歌を踏まえた挽歌《ばんか》となっている。

両陛下が人々の悲しみや喜びに寄り添う、公的な晴《はれ》の歌を作られる機会は当然のこととして多い。しかし、一方でこのような友人や故人に対する懇ろな私的な思いを詠われることも多いのである。〈私〉の感情を鎧《よろ》うことなく率直に表現できること、私は歌のそのような特性を大切に思うものであるが、歌を通じて両陛下のお気持ちを私たちが共有できることもまた、歌というものの恩恵であろうと思うのである。

54

平和への真摯な願い

いかばかり水流は強くありしならむ木々なぎ倒されし一すぢの道

平成二十六（二〇一四）年　天皇

平成二十六年八月、広島市内の狭い地域を記録的な集中豪雨が襲った。山から続く斜面に密集する民家を土石流が一気に襲い、「都市型土砂災害」と言われる中では最大級の犠牲者を出すものとなった。

同年十二月、天皇皇后両陛下は広島市安佐南区《あさみなみ》八木《やぎ》地区の被災現場を視察された。土砂が流れ込んだ家や岩につぶされた車が残る状況の中、土石流の源の上流だけでなく、民家が流された下流にも深く一礼、黙禱《もくとう》をされたのが印象的であった。

掲出の御製は木々をなぎ倒し、民家を押し流してしまった土石流の猛威を目の前に見て「いかばかり水流は強くありしならむ」と、改めて水の脅威に戦慄《せんりつ》するとともに、暗闇のなか、土石流に巻き込まれた人々の恐怖を思い、やはり「いかばかり」と心を砕いておられる歌ととっておきたい。

私は陛下のお言葉や御製のキーワードの一つは「人々」であると思っているが、自然の猛威に驚きつつ、その視線の先にはやはり「人々」の苦難や悲しみがしっかり見据えられている。

昨今の政治の世界では「寄り添う」という言葉があまりに安易に使われすぎていると言わざるを得ないが、両陛下の行動には「寄り添う」という言葉の本来の意味がくっきりと刻み込まれている。

この広島訪問に際して、両陛下はもう一カ所大切な場所を訪れられた。雨の中、平和記念公園の「原爆死没者慰霊碑」に花を手向けられたのである。被災地へのお見舞いが主眼であったが、両陛下の強いご希望で実現した献花であった。

戦後五十年にあたる平成七（一九九五）年、天皇皇后両陛下は「慰霊の旅」として、長崎、広島、そして一般住民に多くの犠牲を出した沖縄、東京を、それぞれ訪れられた。

戦後六十年には激戦地サイパンを訪れ、戦後七十年にはパラオのペリリュー島訪問が組まれていた。その前年の平成二十六年、戦後七十年を一年先取りする形で、再び沖縄、長崎、そして広島の三地方行幸啓が実現したのである。

六月には学童疎開船「対馬丸」犠牲者の慰霊のため沖縄を訪問され、対馬丸記念館を訪れられた。

我もまた近き齢《よはひ》にありしかば沁《し》みて悲しく対馬丸思ふ

皇后（平成二十六年）

両陛下とも疎開の経験を持ち、対馬丸で犠牲になった児童らは同年代であったことからも、殊更に思い入れの強いものとして心を占め続けてきたものなのであろう。同年代という親しさからいっそう哀れに悲しく思うという率直なお気持ちが切実に感じられる。

六月の沖縄に続き、十月には長崎を訪れ、犠牲者を悼まれている。この訪問も第六十九回国民体育大会にご出席のための訪問であり、元は戦没者慰霊の予定はなかったのだが、天皇陛下の強い希望で急遽《きゆうきよ》組み入れられたのである。

これら三カ所の訪問は戦後何年という節目ごとに犠牲者を追悼するという意味のほかに、かくも大きな犠牲を強いた歴史がわが国にあったことを、国民に「忘れてほしくない」という、両陛下の強い思いの表れ以外のものではないだろう。

美智子さまは皇后になられてのちの早い時期に「平和は、戦争がないというだけの受け身な状態ではなく、平和の持続のためには、人々の平和への真摯《しんし》な願いと、平和を生きる強い意志が必要ではないかと思います」（平成六〔一九九四〕年）と述べておられるが、両陛下の「平和への真摯な願い」と「平和を生きる強い意志」が、このような行動に誠実さとして実現されていると言うべきだろう。

55
愛と犠牲

来《こ》し方《かた》に本とふ文《ふみ》の林ありてその下陰に幾度《いくど》いこひし

平成二十七（二〇一五）年　皇后

平成二十七年の歌会始のお題は「本」であった。美智子さまの御歌は、いかにも読書好きの美智子さまらしい一首である。

自らの来し方を振り返ると、どの場面にも本があった。それら本という「文《ふみ》の林」にまぎれ込み、数々の本たちが作ってくれるやわらかな木陰のような空間に、幾度やすらぎの時を過ごしたことだろうというのである。

以前にも触れたが、美智子さまは平成十（一九九八）年九月、インドのニューデリーで開かれた国際児童図書評議会（ＩＢＢＹ）世界大会において、基調講演をされた。後に『橋をかける』（文春文庫）という一冊の本として出版されている。

国際児童図書評議会（IBBY）創立50周年記念大会の開会式で参加者に紹介され、会場に笑顔で会釈される皇后。左隣りはムバラク・エジプト大統領夫人。2002年9月、スイス・バーゼル市内のコングレスセンター（写真　時事）

それによると、一九八九年、後のIBBY会長、島多代《しまたよ》の依頼により、美智子さまは詩人まど・みちおの詩を英語に翻訳されることになった。これは日米で出版され、まど・みちおの詩が世界で読まれていくきっかけを作った。

その後、美智子さまによってさらに三冊の詩集が翻訳され、一九九四年、まど・みちおは日本人初の国際アンデルセン賞（作家賞）を受賞することになるのである。

そのような経緯から、一九九八年のIBBYニューデリー世界大会での基調講演依頼をお引き受けになった。ところがインドが核実験を強行したことから美智子さまの出席がかなわなくなり、急遽《きゅうきょ》ビデオ講演となったのである。

講演では幼い頃からの読書体験が語られるが、特に疎開中、本のない時期に、父正田英三郎が時おり東京から持ってきてくれる本を、いかに大切に惜しむように読んだかが語られる。なかでも倭建命《やまとたけるのみこと》と弟橘比売命《おとたちばなひめのみこと》の物語については、時間をかけて語られた。

父景行《けいこう》天皇に疎まれ、次々に地方征伐に赴くことになる倭建が、途中、海が荒れ、進めなくなる。その時、后《きさき》の弟橘が自ら入水して、海を凪《な》ぎ鎮める話である。弟橘は〈さねさし相武《さがむ》の小野《をの》に燃ゆる火の火中《ほなか》に立ちて問ひし君はも〉（引用は『橋をかける』から）という美しい歌を遺《のこ》して死んでいった。

このとき美智子さまは「『いけにえ』という酷《むご》い運命を、進んで自らに受け入れながら、恐らくはこれまでの人生で、最も愛と感謝に満たされた瞬間の思い出を歌っていることに、感銘という以上に、強い衝撃を受けました」と語っておられる。

弟橘の行為に「建と任務を分かち合うような、どこか意志的なものが感じられ」たと言われている部分には、私は美智子さまと陛下の姿を二重写しにする誘惑を抑えることができない。「愛と犠牲という二つのものが、私の中で最も近いものとして、むしろ一つのものとして感じられた」という言葉は、美智子皇后論をなす場合には、避けて通れない視点であるようにも思われる。

とまれ古事記の衝撃的な物語が、少女のやわらかな感性に与えた影響は絶大であり、そのような刺激を含めて、幼年時代の読書の大切さを考えさせられる講演であった。

「最後にもう一つ、本への感謝をこめてつけ加えます。読書は、人生の全てが、決して単純でないことを教えてくれました。私たちは、複雑さに耐えて生きていかなければならないということ。人と人との関係においても。国と国との関係においても」も大切な言葉である。

読書はさまざまの問《とい》に対する答《こたえ》を求めるものではあるが、答を求めることにのみ性急であっては、読書の本来の豊かさはなくなる。読書は、世界の複雑さに触れ、その複雑さを複雑さとして抱え込めるだけの余裕を与えてくれるところに大きな意味があるのである。

56

ペリリュー島慰霊

戦ひにあまたの人の失せしとふ島緑にて海に横たふ

平成二十八（二〇一六）年　天皇

戦後七十年にあたる平成二十七年四月八、九日の二日間、天皇皇后両陛下は慰霊のためパラオを訪問された。

元侍従長の川島裕によると、両陛下は早い時期に、戦前、日本の委任統治時代「南洋」と呼ばれた地域、現在のパラオ、ミクロネシア、マーシャルの三カ国を、慰霊と親善を兼ねて訪問したいと希望されていたという。当時の交通事情などからその時点では無理ということになり、戦後六十年にはサイパン島への慰霊の旅となった経緯があった。

それから十年、今度は八十歳代になられた両陛下の年齢が案じられたが、強く希望しておられたパラオへの訪問が、ようやく実現したのである。

パラオをはじめとする委任統治下の南洋諸島には、日本からの移住者が五万人を超え、サトウキビ栽培や製糖、漁業などを中心に発展していた。しかし、昭和十六（一九四一）年の対英米開戦以降、ミッドウェー海戦、ガダルカナル撤退を経て、南洋における日本軍の劣勢が明らかになる。米軍の攻略目標はフィリピンに移ることになり、そこに立ちはだかるように存在したのが、パラオをはじめとする南洋諸島だった。

特にパラオのペリリュー島に日本軍が建設した飛行場を奪取すべく、昭和十九年九月、米軍の上陸作戦が始まった。米軍も最初は数日で陥落できると思っていたようだが、日本軍の堅固な要塞《ようさい》と必死の抵抗に遭い、以後二カ月にわたり未曾有の激戦が続くことになった。「サクラ、サクラ」なる電報を発して日本軍が玉砕したのは十一月末であった。ペリリュー島を含む南洋諸島の戦没者数は二十四万七千人、うち一般邦人の犠牲者は一万五千人を超えたと言われている。

パラオ訪問の一カ月ほど前、私たち歌会始の選者は両陛下のお招きで御所に伺った。珍しく夜の訪問となったのは、お忙しい時間を無理に調整していただいたのだろう。

言葉あつくペリリュー島を語りましき御所を包める闇の深きに

永田和宏

少し前に上梓《じょうし》した歌集『某月某日』(本阿弥書店)に収めた一首である。その夜、両陛下がもっとも言葉篤《あつ》く語られていたのは、ペリリュー島訪問のことであった。ようやく実現に漕《こ》ぎつけた両陛下の喜びを、私たちは確かに感じていた。

両陛下は、防衛研究所の研究員からご進講を受けられたほか「終戦を信じずペリリュー島の密林の中で潜伏し、昭和二十二年四月に説得により米軍に帰順した守備隊兵で陸軍軍曹だった永井さん(九十三歳)と海軍上等兵だった土田さん(九十五歳)からも御所で話をお聞きになった」(川島裕『随行記』)のだという。長年の懸案はそんな万全の準備のもとで実現したものなのであった。

今回は島に渡っての慰霊が主目的であり、移動の必要や日程、警備の都合から、両陛下は初めて海上保安庁の巡視船「あきつしま」の船内で宿泊されることになった。羽田を八日午前十一時半に出発して午後四時、パラオ到着。歓迎レセプションや現地邦人との面会などの過密スケジュールを終えて、ヘリで「あきつしま」に入られた頃には、夜十一時をまわっていたという。

掲出の御製は翌日、ペリリュー島で「西太平洋戦没者の碑」に供花のあと、はるかアンガウル島に向かって拝礼された時の歌である。アンガウル島は隣の島であるが、通信施設が破壊された後連絡も取れないままに、やはり守備隊が玉砕した島であった。日程の関係で赴くことのできなかった激戦地の犠牲者をも、同じように深く悼みたいというお心であっただろう。

57

白きアジサシ

逝《ゆ》きし人の御霊《みたま》かと見つむパラオなる海上を飛ぶ白きアジサシ

平成二十七（二〇一五）年　皇后

平成二十七年四月九日、天皇皇后両陛下のパラオでの二日目の朝は、巡視船「あきつしま」で明けた。いよいよペリリュー島に渡り、戦没者の碑に供花をされる日である。

同年の皇后誕生日の文書回答では「かつてサイパン島のスーサイド・クリフに立った時、三羽の白いアジサシがすぐ目の前の海上をゆっくりと渡る姿に息を呑んだことでしたが、この度も海上保安庁の船、『あきつしま』からヘリコプターでペリリュー島に向かう途中、眼下に、その時と同じ美しい鳥の姿を認め、亡くなった方々の御霊《みたま》に接するようで胸が一杯になりました」と述べられたが、掲出の御歌はその折の一首である。

サイパン島慰霊の折には、非軍属の人々までをも巻き込んだ悲劇を思い、

いまはとて島果ての崖踏みけりしをみなの足裏《あうら》思へばかなし

皇后（平成十七［二〇〇五］年）

という、悲しみの根源に触れるような歌を作られた美智子さまである。そのスーサイド・クリフでも、パラオの海でも同じようにアジサシが目の前を舞っている姿に、偶然とは思えない何かを感じ取られたのであろう。

前日のパラオ国主催の晩餐会《ばんさんかい》には、ミクロネシア連邦、マーシャル諸島共和国の大統領夫妻もわざわざパラオまで足を運び、両陛下に会いに来られた。晩餐会スピーチでは、折からミクロネシアを襲った台風へのお見舞いを直前に付け加えられるなど天皇の細かな配慮に、同連邦の大統領が感動したと川島裕元侍従長は記している（『随行記』）。両陛下が慰霊のため、ペリリュー島に渡られた時、これら三国のそれぞれの大統領夫妻も共に現地に赴いたのは異例のことであったと言うべきだろう。

帰国後もパラオ慰霊の思いは消えることなく、その表れの一つが、

開拓の日々いかばかり難《かた》かりしを面穏《おも》やかに人らの語る

天皇（平成二十七年）

という御製にもあるように、開拓地への訪問であった。「戦後七十年にあたり、北原尾《きたはらお》、千《ち》振《ふり》、大日向《おおひなた》の開拓地を訪《と》ふ」という詞書《ことばがき》を持つ一首であるが、特に北原尾《きたはらお》は、北のパラオという意味で、パラオから引き揚げてきた人々が入植したところ。パラオを忘れないとの思いから名づけられた入植地である。人々のその後の苦労にも寄り添いたいという思いでもあろう。

その年の天皇誕生日記者会見、および皇后誕生日の文書回答では、両陛下ともパラオ訪問に触れ、そのほぼ半分を使って、戦争について語っておられたのが印象的であった。

この一年を振り返ると、様々な面で先の戦争のことを考えて過ごした一年だったように思います。年々、戦争を知らない世代が増加していきますが、先の戦争のことを十分に知り、考えを深めていくことが日本の将来にとって極めて大切なことと思います。

という天皇陛下のお言葉には、戦争をリアルタイムで知っている最後の世代として、戦争を風化させてはならないとの強い自覚が感じられる。

その覚悟に「この戦いにおいて日本軍は約一万人、米軍は約千七百人の戦死者を出しています。太平洋に浮かぶ美しい島々で、このような悲しい歴史があったことを、私どもは決して忘れてはならないと思います」というパラオ訪問前のお言葉の、「決して忘れてはならない」を心に刻んでおくことが、戦後七十年という年の天皇陛下の思いを共有するためには必須のことなのであろう。

58
熊本地震

ためらひつつさあれども行く傍《かたは》らに立たむと君のひたに思《おぼ》せば

平成二十八（二〇一六）年　皇后

平成二十八年四月十四日夜、熊本県で震度7を記録する地震が発生した。さらにその二十八時間後の十六日未明、それより大きな本震が襲い、益城町《ましきまち》では二度とも震度7を記録した。本震のマグニチュードは7を超え、平成七（一九九五）年の阪神・淡路大震災と同レベルであったという。熊本、大分両県で二百人以上が亡くなった。

前震の翌十五日、両陛下は、静岡市で開かれる日本とスペインの交流イベントに出席予定であったが「御所で状況を見守ることが必要」と判断され、出席を辞退、他に予定されていた歌舞伎や音楽会、雅楽演奏会などの鑑賞も取りやめられた。

両陛下が熊本県を訪れ、被害が大きかった南阿蘇村《みなみあそ》と益城町の避難所を見舞われたのは一カ月後の五月であった。熊本空港から南阿蘇村へは自衛隊ヘリで向かい、大規模な土砂崩れで落ちた阿蘇大橋《あそおおはし》や、東海大学の学生が亡くなったアパート倒壊現場の上空では揃《そろ》って黙禱《もくとう》をされたという。

これまでも何度も取り上げてきたように、東日本大震災の折の七週連続のお見舞いをはじめとして、平成三十（二〇一八）年の北海道胆振《いぶり》東部地震まで大きな災害のたびに、両陛下は被災地に迷惑をかけないよう配慮しつつ、お見舞いの旅を続けて来られた。

避難所や仮設住宅などでは、災害による失意や身近な人を亡くした喪失感、現実生活の不如意や将来への不安、それらが重なって、とかく被災者同士がぎくしゃくしたり、軋轢《あつれき》を生んだりしやすい。そのような状況下での両陛下のお見舞いは個々の被災者を慰め、元気づけるという意味のほかに、ばらばらになりがちな人々の心を和らげ、一体感を醸成するとともに、復興への意志と意欲を確かなものにするのに大きな力を発揮してきた。

しかし、両陛下の被災地訪問のスタイルが確立するまでには、両陛下ご自身の内部でも大きな葛藤があった。

東日本大震災があった平成二十三（二〇一一）年の誕生日の記者への文書回答で美智子さまは「このような自分に、果たして人々を見舞うことが出来るのか、不安でなりませんでした。しかし陛下があの場合、苦しむ人々の傍に行き、その人々と共にあることを御自身の役割とお考えでいらっしゃることが分かっておりましたので、お伴をすることに躊躇はありませんでした」と答えておられる。

それをもっとも端的に表現されたのが、冒頭の皇后さまの御歌であろう。

この一首では、初句「ためらひつつ」がキーである。美智子さま自身の言葉にあるように、被災地への訪問は、義務として淡々とこなしているものではない。果たして、何の被害も受けていない自分などが行っていいものなのだろうかという思い、ためらいが常に心をよぎる。しかし、陛下が強く被災者たちとともにありたいと願っておられる、その気持ちに押されるようにして自分も行くのだと、第二句「さあれども行く」には、そのような心の葛藤が詠われている。

何事もなく平穏に暮らしている自分たちが果たして行っていいのだろうかと常に自問されつつのお見舞いであること、その誠実さを、私たちは改めて心に刻んでおきたい。

益城町の避難所となっている体育館を見舞われたとき、小学生の女の子から手渡されたものがあった。色紙で折った「ユリの花束」であった。

幼子の静かに持ち来《こ》し折り紙のゆりの花手に避難所を出づ

天皇（平成二十八年）

恥ずかしげに、あるいはためらいがちに手渡したのであろうか。喜んで受け取られた陛下はそれを手放すことなく皆に声を掛け続け、避難所を出られたのであろう。

両陛下の来訪に何より力づけられ、それを喜ぶのは被災者たちであるが、その感謝の思いが、こんな小さな形でさりげなく手渡されることを、また何より喜ばれるのが両陛下なのでもあろう。その基底には、果たして自分たちが被災者を見舞うことが許されるのだろうかという、皇后さまの御歌にあるような慎《つつ》ましい自省の思いがあるのである。

59

秋篠宮ご夫妻のブラジル訪問

海わたりこのブラジルに住みし人の詩歌《しいか》に託す思ひさまざま

平成二十八（二〇一六）年　秋篠宮妃紀子

平成二十七年十月末から、秋篠宮ご夫妻は、日本とブラジルの外交関係樹立百二十年を祝う記念行事出席のためブラジルに渡り、約二週間にわたって各地を訪問された。秋篠宮さまは昭和六十三（一九八八）年に初めて訪問して以来二十七年ぶりであり、紀子さまにとっては初めての訪問であった。

ブラジルは明治以来、日本からの移民の多いことで知られる。第二次世界大戦では、ブラジルは連合国側についたので、日系移民は困難な生活を強いられたが、戦後もその結束を固め、現在では百九十万人もの日系人が暮らす、大きな日系社会を形成している。

サンパウロ市が創立四百年を迎えた一九五四年には、日系の協力会が同市に「日本館」を寄贈した。同館は桂《かつら》離宮を基に設計され、純日本風の美しい庭園に日本から杉や檜《ひのき》を取り寄せて造られた書院造りの建物や大きな池が配されている。

ご夫妻は「日本館」も訪問されたが、まだ若いとはいえ、そのスケジュールの過密さには驚くばかりである。二週間の間に十都市をまわり、そのそれぞれで多くの記念式典に出席、スピーチをされたほか、多いときには一日に十以上の懇談や行事をこなしておられる。

秋篠宮さまは誕生日の記者会見で、国賓として迎えられる天皇陛下の外国訪問と異なり、皇族方のそれは、目的があいまいになりがちだと述べられたことがあった（平成二十六年）。大きな文化行事や、今回の国交樹立百二十周年といった周年行事など「核」のある外国訪問が望ましいと考えておられ、できるだけ観光地などを避けてこられたという。今回の訪問のスケジュールを見ると、秋篠宮さまの信念が形として表されているといった印象を受ける。

サンパウロではブタンタン毒蛇研究所の視察も組まれた。理学博士号を持つ科学者でもある秋篠宮さまらしく、毒の分泌機構などに興味を示し、実際に毒蛇を手に取り、紀子さまにも触ってみるよう促された。紀子さまはついに近寄らなかったという。微笑《ほほえ》ましいエピソードだが、私だって絶対触らないだろう。

この訪問の前には、サンパウロ郊外の日系老人ホーム「憩《いこい》の園《その》」を訪問された。紀子さまは、以前に「ちきゅうのなかまたち」という絵本シリーズの翻訳をされていた。世界の動物たちの物語であるが、それが園に贈られることになった。紀子さまのお歌は、その折の人々との交流のなかで生まれた一首であろうか。

遠く祖国を離れ、異なる言語圏に暮らしながら、なお日本語を強く愛し続ける人々がいる。その日本語は少し古い日本の面影を宿しているが、崩れることなく美しい。私自身もアメリカに住んでいた頃、日系の人たちの、ある意味ちょっと古風ではあるけれど格調の高い日本語に接して、襟を正す思いをしたことがある。

そんな日本語への愛がもっとも色濃く表れるのが詩歌《しいか》という場であろう。紀子さまは「詩歌に託す思ひ」のさまざまを抱えて生きている日系の人たちに接して、日本固有の詩歌という文芸を大切にせねばとの思いを新たにされたのであろうか。歌会始には海外ではブラジルからの応募がもっとも多いが、その応募に見える故郷への思いは、私たち選者にも強く迫ってくるものである。


日系の人らと語り感じたり外つ国に見る郷里の心

秋篠宮文仁（平成二十八年）

紀子さまのお歌と同じ年の歌会始に詠進された一首である。秋篠宮さまは帰国後の、記者への文書回答の中で、日系の人たちと話していると「私たちが日々の暮らしの中であまり意識していない『日本』を感じることがたびたびにありました」と述べておられる。先の紀子さまの一首とも通じるが、日本および日本の文化、とりわけ詩歌を含む日本語の文化への人々の思いから強い印象を受けられたのであろう。

60 山登りを愛する

雲間よりさしたる光に導かれわれ登りゆく金峰《きんぷ》の峰に

平成三十一（二〇一九）年　皇太子徳仁

平成三十一年一月十六日、平成最後の歌会始が正殿松の間で行われた。お題は「光」。平成二十二（二〇一〇）年にも採用されたお題であるが、おそらく次の世に「光あれかし」の願いを籠《こ》めてのことであろう、陛下の強い希望であったと聞いている。

宮殿中庭には大きな一本の白梅がある。この年は珍しく花が少なかったが、それでも二、三片の小さな白い花を見つけることができた。

白梅にさし添ふ光を詠みし人われのひと世を領してぞひとは

永田和宏

私が詠進した一首である。実は私の妻、河野《かわの》裕子《ゆうこ》も歌会始の選者として奉仕していたが、平成二十二年の歌会始を最後に、亡くなったのであった。彼女がお題「光」のもとに、最後に詠進した歌は、

白梅《しらうめ》に光さし添ひすぎゆきし歳月の中にも咲ける白梅

河野裕子（平成二十二年）

であった。がんの再発があり、ほとんど何も食べられないような体調を押しての出席であったが、選者代表として披講される間は、横にいた私の心配にもかかわらず、最後まで凜《りん》と立っていたのには内心驚いたものだった。平成最後の歌会始のお題が、奇《く》しくも河野が最後に出席したときと同じ「光」であったこともあり、さまざまの感慨があった。本歌取りとして彼女を詠んだのが私の一首なのである。

令和の天皇にとっても、皇太子としては最後の歌会始である。披講の際には「日《ひ》嗣《つぎ》の皇子《みこ》の歌」として紹介されるが、平成二（一九九〇）年以降、ちょうど三十回、日嗣の皇子として詠進をされてきたことになる。最初に歌会始に詠進されたのは、

懸緒断つ音高らかに響きたり二十歳《はたち》の門出我が前にあり

徳仁親王（昭和五十六〔一九八一〕年）

という一首であった。成年式における加冠の儀を詠ったものであり、まさに成年皇族としての門出の自覚の漲《みなぎ》る歌であった。

この加冠の儀については、美智子さまも長歌と反歌を詠んでおられる。この長歌と反歌は素晴らしく、美智子さまのお歌のなかで、私がもっとも好きなものの一つである。

長歌の一部だけを紹介すると、〈白き懸緒《かけを》　かむりを降《くだ》り　若き頰　伝ひつたひて　顎《あぎと》の下　堅く結ばれ　その白き　懸緒《かけを》の余《あまり》　音さやに　さやに絶たれぬ〉とあり、それを受けて反歌では、

音さやに懸緒《かけを》截《き》られし子の立てばはろけく遠しかの如月《きさらぎ》は

皇太子妃美智子（昭和五十五年）

と詠まれた。冠を顎に結ぶその懸緒を、鋏《はさみ》で切る。その音は、一個の成人として立たしめる

音でもある。その容赦ないきっぱりとした音を、母と子がどちらも深い思いで詠い止めたことになる。

冒頭の一首は高校生のとき、山梨、長野の県境にある金峰《きんぷ》山に登られたときを思い出して詠まれたものである。他にも〈雲の上《へ》に太陽の光はいできたり富士の山はだ赤く照らせり〉（平成二十二年）など、皇太子さまには山登りの歌が多い。

頂きにたどる尾根道ふりかへりわがかさね来し歩み思へり

（平成十七〔二〇〇五〕年）

こんな一首もある。頂近くまで登って、尾根道を「ふりかへ」る。そこには紛れもなく自分が歩いてきた道が、その歩みが見えるという。それに対応するのが掲出の歌であろうか。そこでは「導かれ」の一語が殊に強く響くが、どこかにこれから天皇としての歩みを始めようとするにあたり、自らを導く光を強く意識されているようにも読み取れるのである。

61 赤坂御所を去る日

大君と母宮の愛でし御園生《みそのふ》の白樺冴ゆる朝の光に

平成三十一（二〇一九）年　皇太子妃雅子

平成最後の歌会始に詠進された雅子さまのお歌である。平明な自然詠とも読めるが、ここには平成から次の代に移ろうとするときにあたって、雅子さまの胸に去来するさまざまな思いが込められているようにも読める。

内容は明快。両陛下が「愛で」つつ慈しんでこられた赤坂御所（東宮御所）の白樺《しらかば》が、朝の光に透き通るように白い輝きを放っているというほどの意味である。白樺は皇后さまのお印の樹である。

白樺の堅きつぼみのそよ風に揺るるを見つつ新年《にひどし》思ふ

天皇（平成四〔一九九二〕年）

まだ両陛下が赤坂御所に居られたころの御製である。陛下が美智子さまを慈しむように、そのお印である白樺を愛《め》でてこられたことを身近に感じ、微笑《ほほえ》ましく思いつつ、雅子さまには自分たちもかくありたいとの思いも強くあったであろう。

雅子さまの辛い療養の日々、皇太子さまがそれを懸命に支えてこられたことは国民がよく知るところである。平成十六（二〇〇四）年、「それまでの雅子のキャリアや、そのことに基づいた雅子の人格を否定するような動きがあったことも事実です」という、いわゆる「人格否定発言」と言われる皇太子さまの言葉は大きな波紋を広げた。

たとえ皇室から、あるいは国民やメディアから孤立する事態を招くことがあるにしても、なんとしても自らの伴侶だけは自らの手で守らなければならないという、皇太子さまの切羽詰まった思いの籠《こ》もった発言であった。

そんな皇太子さまの必死を、身近にもっとも強く、信頼感とともに受け止めておられたのが雅子さまであったに違いない。

この一首にはまた、遠くない日に、この赤坂御所を出て、皇居の御所へ移るのだという覚悟も感じられようか。それはもちろん単なる屋移《やうつ》りではない。自らが皇后になるということに他ならないからである。「大君と母宮の」と詠いだされた意味はそこにあろう。

平成の天皇皇后両陛下が皇太子皇太子妃として過ごしてこられた、この赤坂御所。その御所に、自分たちもまた同じように二十数年を過ごし、いままたそこを去ろうとしている。

三十余年《さんじふよねん》君と過ごししこの御所に夕焼の空見ゆる窓あり

皇后（平成五年）

皇居に移られる直前、美智子さまも赤坂御所での三十年余にわたる生活を懐かしむ歌を作っておられた。この御歌では「夕焼の空見ゆる窓あり」の措辞《そじ》が秀抜。さまざまな喜びのとき、悲しみのとき、その窓から一人夕焼けを見ておられたのであろう。赤坂御所を去るときになって、そのすべてを見ていてくれた窓への思いが、あふれ出したのだろうか。〈私〉のすべてを知っていてくれる窓。

美智子さまにとっても、雅子さまにとっても、赤坂御所を出るということは、皇后という誰にも代替することのかなわない、唯一無二の務めを果たすということである。雅子さまがお手本にできるのは、唯一美智子さまだけ。お二人がそれぞれに持たれるはずの共感ということが思われる。

移り住むこの苑《その》の草木《くさき》芽ぐみつつ新しき日々始まらむとす

皇后（平成六年）

新しい住まい。新しい地位と務め。さまざまな不安が入り交じる日々ではあろうが、美智子さまが皇居に移って詠まれたような、「新しき日々」を予感させる歌が、雅子さまからも遠からず聞こえてくるはずである。

62
互いへの信頼と愛

今しばし生きなむと思ふ寂光に園《その》の薔薇《さうび》のみな美しく

平成三十一（二〇一九）年　皇后

平成二十九年の歌会始のお題は「野」であったが、美智子さまは次の一首を詠進された。

土筆《つくし》摘み野蒜《のびる》を引きてさながらに野にあるごとくここに住み来《こ》し

皇后（平成二十九年）

平成二十八年八月八日、天皇陛下ご自身がビデオ放映によって、象徴としてのお務めについての考えを表明された。これは事実上、退位の意向を示されたものであった。

退位の後は高輪《たかなわ》皇族邸を経て、赤坂御所に移られることが決まっている。二十年以上住み慣れてきた吹上御所での生活、それはまさに「土筆摘み野蒜を引きてさながらに野にある」ごときであったというのである。それを哀惜される思いは強いが、もちろんそれは環境の恵みばかりではない。

去れる後《のち》もいかに思はむこの苑《その》に光満ち君の若くませし日

皇后（平成三十年）

この御歌に見られるように、それは陛下と共にあったからこその感慨であったはずである。苑には光が満ち、そしてその庭に、「君」の姿がまだ若かったあの日々。その思い出があるからこそ、この場が掛け替えのないものであったのであろう。

その懐《おも》いは、そのまま掲出の平成三十一年歌会始の一首に引き継がれている。この御歌を最初に目にしたときまず思ったのは、なんと切ない歌だろうかということであった。

両陛下は昭和三十四（一九五九）年、皇太子と皇太子妃としてお二人の生活をスタートさせて以来、六十年にわたって、一貫して公人としての生活を強いられてきたことになる。

天皇皇后という誰にも代替不可能な地位を離れ、公務を解かれ、ようやく自分たちだけの時間を持てるようになったとき、ふと気づくと、このあと自分たちに残された時間はどれほどあるのだろうかという思いがよぎったのであろうか。「寂光」という強い言葉が読者をそのような思いに誘う。

私が切ないと感じたのは、そんな二人だけの生活を、それでも精一杯《せいいっぱい》「生きなむと思ふ」と言いきられた美智子さまの決意である。これまでにできなかったこと、陛下にしてさしあげられなかったことまで、これからの二人の生活のなかで思う存分実現したいという願いであろう。自分たちだけの生活を楽しみたいという思いも当然あろう。

はかない光のなかに美しく咲く「園《その》の薔薇《さうび》」には、自分たちのこれからを託すような思いも籠《こ》もっているだろうか。

最後の天皇誕生日記者会見では「私は成年皇族として人生の旅を歩み始めて程なく、現在の皇后と出会い、深い信頼の下、同伴を求め、爾来《じらい》この伴侶と共に、これまでの旅を続けてきました」として、「自らも国民の一人であった皇后が、私の人生の旅に加わり、六十年という長い年月、皇室と国民の双方への献身を、真心を持って果たしてきたことを、心から労《ねぎら》いたく思います」と続けられた。感極まって涙声になられた陛下のお姿は国民誰もが知るところである。

天皇皇后両陛下ほど、お互いへの信頼と愛情を率直に表明され、そしてそれを歌にしてこられた例は、これまでの皇室の歴史のなかになかったのではないだろうか。相聞の歌は、数えきれないほどにあるが、第42項で紹介した歌をもう一度あげておきたい。結婚五十年の折に美智子さまが詠まれたものであり、今回挙げたどの歌とも通じあうものである。

君とゆく道の果たての遠白《とほしろ》く夕暮れてなほ光あるらし

皇后（平成二十二〔二〇一〇〕年）

63
忘れず寄り添う

贈られしひまはりの種は生え揃ひ葉を広げゆく初夏の光に

平成三十一（二〇一九）年　天皇

平成三十一年、平成の天皇皇后両陛下が出席される最後の歌会始に出されたこの一首には、陛下の「象徴」に対する考えが、まさに象徴的に表れている。メッセージ性の強い一首であるが、この一首が語る大切なメッセージは、ひと言で言えば「忘れない」ということであろう。

「贈られしひまはり」には若干の説明が要るだろうか。阪神・淡路大震災から十年後の平成十七（二〇〇五）年、両陛下は震災十周年の追悼式典に出席された。そこで遺族から手渡されたのが、「はるかのひまわり」と呼ばれるひまわりの種であった。

この震災で犠牲となった当時小学六年生の加藤はるかさんの自宅跡地に、その夏、ひまわりが花をつけた。はるかさんが隣家のオウムに餌として与えていた種が自然に芽を出したようだ。

人々はそれを復興のシンボルにすべく、種を全国に配り、いつか「はるかのひまわり」と呼ばれるようになったのである。両陛下は、その種を蒔《ま》き、花が咲くと、そこから種を採り、毎年皇居の庭で育ててこられたのだ。

以前にも書いたが、両陛下の被災地訪問は一度きりのものではない。年を経て、再び被災地を訪れ、その後の人々の生活を見舞われることが多い。被災者にとっては、当座の生活の確保がまず大切だが、一方で町を復興し、生活を立て直すには、長い時間と絶え間のない精神的疲労、苦痛が伴う。被災者が多く訴えることの一つに、時間の経過とともに、自分たちが忘れられてしまうことへの不安、悲しみがある。

時間を経て両陛下が再訪されることは、自分たちは決して忘れられてはいないという大きな安心につながる。他ならぬ両陛下から忘れられていないという喜びのほかに、その訪問がメディアを通じて、国民に知らされることで、多くの人たちと繋がっているという、それは実感でもあり、また安心感でもあろう。

被災地再訪の御製は数多くあるが、

六年《むつとせ》の難《かた》きに耐へて人々の築きたる街みどり豊けし

（平成十三年）

大いなる地震《なゐ》ゆりしより十年余《とせま》り立ち直りし町に国体開く

（平成十八年）

は、いずれも阪神・淡路大震災の被災地再訪時の御製である。

現代のように移り変わりの激しい時代、あらゆる出来事は一時話題になっても、賞味期限が過ぎたと判断されると、マスメディアの表面からはすぐに消えていってしまう。大きな災害や事件も〈時間の風化圧〉により、たちまち人々の記憶から消えてしまうことになりやすい。そんななかにあって、陛下は「忘れない」ことによって、いつまでも彼らに「寄り添う」という姿勢を一貫して大切にされてきたのである。

そして、この〈彼ら〉には、現在の被災者だけでなく、戦争の犠牲者、その遺族も含まれていよう。以前にも触れたことだが、平成二十四（二〇一二）年の誕生日会見では、沖縄戦のことに触れ「地上戦であれだけ大勢の人々が亡くなったことはほかの地域ではないわけです。そのことなども、段々時がたつと忘れられていくということが心配されます」と述べられ、「これまでの戦争で沖縄の人々の被った災難というものは、日本人全体で分かち合うということが大切ではないかと思っています」と続けられた。被災者へも戦争犠牲者、そしてその遺族へも、「忘れない」ことを通じて寄り添っていくという姿勢は、まさに天皇陛下が平成という時代の三十年をかけて模索し、確立してこられた〈象徴〉というもののあり方そのものであったはずである。

〈象徴〉とは何であったか――〈象徴〉像確立までの軌跡

平成の天皇陛下は、即位したときから〈象徴〉であったはじめての天皇である。平成の天皇皇后の事績を語るとき、即位のそもそものはじめから〈象徴〉としての存在であったということは、どれほどに強調してもし過ぎるということはないだろう。

それでは〈象徴〉とは何か。日本国憲法の第一章第一条は、

天皇は、日本国の象徴であり日本国民統合の象徴であつて、この地位は、主権の存する日本国民の総意に基く。

と天皇について規定している。私は以前から、これほど大切で、かつこれほど無責任な規定はないのではないかと思ってきた。「日本国の象徴であり日本国民統合の象徴」と繰り返さ

れる「象徴」。しかし、「象徴」とは何か、どうすれば「象徴」たりうるのか、憲法の条文はいっさい何も語らない。これではあたかも「象徴とは何か」は、その地位についた天皇ご自身でお考えくださいと丸投げしているようなものではないか。

平成の天皇は、その即位のときから、「象徴とは何か」、その誰も答えを持たない難問に正面から向き合い、自らの問題として一貫して考えて来られたのだと思う。それが平成という時代であり、平成の天皇の歩まれた道であった。

被災者とともに

結論から先に言えば、平成の天皇が、即位以来三十年をかけて模索してこられた〈象徴〉像の本質は、「国民と共にある、国民に寄り添う」という点が第一義であったと私は思っている。しかし、急いで言っておくべきは、はじめからそのような〈象徴〉像が確立されていたのでは決してなかったということだろう。

それは、平成の天皇が、手探りで、試行錯誤しながら模索してこられたなかで、たどり着いた結論なのであった。天皇ご自身も、果たしてこれでいいのかと自問しつつなされてきた行為であったことは、多くの天皇のお言葉からも明らかである。まことに孤独な作業のなかで、「平成における」という限定をつけたうえで彫り出された〈象徴〉像であったということとを確認しておくべきだろう。

「寄り添う」という行為がもっとも端的に見えるものは、平成という時代に特に多く発生した自然災害の被災地へのお見舞い、慰問であっただろう。

平成二（一九九〇）年十一月、即位礼が執り行われた五日後に発生した雲仙普賢岳《うんぜんふげんだけ》の噴火。それはその後も長く続き、翌年になって大規模な火砕流も発生した。その噴火がまだ収まらない時期に、島原市《しまばらし》、深江町《ふかえちょう》（現・南島原市《みなみしまばらし》）などを訪ねられたのが、天皇としての被災地訪問の最初であった。両陛下とも膝をついて、被災者と同じ目の高さで人々の声に耳を傾けられるという映像は、国民に大きなインパクトを与えたが、その姿勢はそれ以降、平成の時代を通じて一貫して変わることはなかった。

その他にも、奥尻島などを襲った北海道南西沖地震（平成五年）、阪神・淡路大震災（平成七年）、新潟県中越《ちゅうえつ》地震（平成十六年）、東日本大震災（平成二十三年）、広島土砂災害（平成二十六年）から熊本地震（平成二十八年）まで、事あるごとに、被災地には両陛下の姿があった。

これらの被災地訪問は、第一に被災した人々を現地に見舞い、慰め、激励するものであり、それがすなわち人々に「寄り添う」ということにほかならなかったが、それはさらに別の意味をも持っていた。

災害から少し時間が経つと、被災者らの一体感が薄れればらばらになりがちになる。両陛下の訪問は多くの場合、被災者たちがいま一度力を合わせて復興に取り組もうという勇気と互いの協力への契機を与えるという意味も持っていたのである。

また、本書でくり返し述べてきたように両陛下の被災地訪問は決して一回きりのものではなく、時間を隔てて何度もその場を再訪されてきた。復興途上にあって、現地ではまだ苦難のただ中にある状況で、時間の経過とともにあたかも賞味期限切れとでもいうように、マスメディアによる報道がはたと途絶える場合が多い。

被災者たちが口を揃えて訴えるのは、自分たちが、そしてその苦難の状況が、みんなから忘れられていくのではないかという不安と悲しみである。両陛下が繰り返し現地を訪問されることは、そしてまた時間を隔てて、その被災者らを思う歌を発表されることは、自分たちが両陛下から決して忘れられていないという安心感につながるものであろう。

さらに大切なことは、両陛下の訪問が、そしてその被災者を思う歌が、マスメディアを通じて国民に伝えられることによって、被災者と国民が、両陛下を仲介としてつながるという点である。被災者は、両陛下に忘れられていないという安心感に加えて、国民全体からも忘れられていないという実感を持つことができる。これは大きな励ましであろう。ある意味、両陛下がシャペロン（仲介者）として被災者と国民を繋《つな》いでこられたのである。

そんな被災者への思いがもっとも典型的にあらわれた歌が、平成三十一（二〇一九）年、平成最後の歌会始に出された天皇陛下の御製《ぎょせい》である。

贈られしひまはりの種は生え揃ひ葉を広げゆく初夏の光に

阪神・淡路大震災の十周年追悼式典で、天皇陛下は遺族から「はるかのひまわり」の種を贈られた。御所の庭で陛下は毎年そのひまわりの種を蒔《ま》き、そして花からまた種を採り、十数年にわたって、誰に知らせることもなく、犠牲者たちを思い続けてこられたのである。

この一首は、天皇陛下があの大地震のことを、そしてその犠牲になった人々のことを、さらに大切なこととして、そのような犠牲者の記憶を抱えて生きてきた遺族のことを、決して「忘れない」というメッセージであったはずだ。

このように平成の天皇が模索してこられた〈象徴〉の意味は、「寄り添う」と「忘れない」という二つの要素からなっていると捉えるべきであろう。最後の歌会始の御製は、まさにそのことを象徴的に語るものであった。

慰霊の旅

平成の天皇皇后両陛下のもう一つの大きな、そして大切な事績は、国の内外の戦争の跡を訪ねるという慰霊の旅であろう。

天皇陛下は、国民が忘れてはならない日として四つの日をあげてこられた。八月六日と九日の広島、長崎原爆の日、十五日の終戦記念日、そして沖縄で多くの民間人を巻き込んだ戦闘の終わった六月二十三日である。毎年、それぞれの慰霊祭の行われる時刻には、お二人で黙禱《もくとう》をささげてこられた。

特にも沖縄への思いは強く、皇太子時代から数えて、十一度に及ぶ沖縄訪問があった。最初の訪問でひめゆりの塔の前で火炎瓶を投げられるという、いわゆる「ひめゆりの塔事件」があったにもかかわらず、その訪問は途絶えることなく、その都度、まず最初に戦跡への訪問が組まれてきた。

戦後五十年の節目の年（平成七年）には、長崎、広島、沖縄に続いて、東京大空襲で大きな被害を受けた墨田区の東京都慰霊堂などへ、慰霊のために足を運んでから、十五日の全国戦没者追悼式に出席をされた。

平成六年には太平洋の硫黄島《いおうとう》、戦後六十年にあたる平成十七年にはサイパン島、戦後七十年（平成二十七年）にはパラオのペリリュー島と、いずれも多くの日本兵、民間人、さらには現地の住民たちが犠牲になった激戦の島を訪ね、その霊を弔われた。

私はこれら慰霊の旅も、じつは被災地訪問と同じ意味で、天皇皇后両陛下による〈象徴〉

を模索する行為の一つではなかったのかと思っている。

慰霊の旅においては、戦争の犠牲となって亡くなった人々、それは兵士であるか、民間人であるかを問わず、その霊を弔い、平和を祈ることが第一義であることはまちがいないだろう。それは、戦争と、そしてその記憶を「忘れない」ということである。

しかし、いま一つの大きな意味は、戦争ではかなくも亡くなった伴侶や家族の、悲しい記憶を抱えて生きてきた人々の心へ「寄り添う」ことでもあるのではないだろうか。夫が、子どもが、あるいは父親が、ある場合には戦闘で、あるいは餓死や玉砕などという無惨な死を遂げた家族、その悲しい記憶を抱えて戦後という時代を生きてきた数多くの人々がいる。それら痛ましい記憶に「寄り添う」ことも、死者への慰霊と同じように大切な意味を持っているのではないかと、私には思われる。

戦後五十年の慰霊の旅を終えられた天皇陛下は、次のような感想を述べられた。


この戦いに連なるすべての死者の冥福を祈り、遺族の悲しみを忘れることなく、世界の平和を願い続けていきたい。

死者だけでなく、その「遺族の悲しみ」に触れられているところが大切であり、かつ、それを「忘れることなく」という部分に注意を向けておきたい。あの悲惨な戦争の記憶が風化するのをなんとしてでも食い止めたい。そのためになされる慰霊の旅という側面もあったのだろうと私には思われるのである。

被災地へ赴き、被災者の声に耳を傾ける行為は、まさに「今」という時点に立って、人々に「寄り添う」行為である。一方で、慰霊の旅は、「時間を遡って」戦争の犠牲になった人々へ思いを寄せるという行為であり、さらに身近な人を亡くした、その悲しみを抱えながら生きてきた人々の時間の記憶に「寄り添う」行為でもあった。

前者の被災地慰問の旅が、いわば「共時的な」（時間を共にする）寄り添い方であるとすれば、後者、すなわち慰霊の旅は「通時的な」（時間軸に沿った）寄り添い方であるということができるのではないだろうか。

平成の天皇にとって〈象徴〉とは、「人々に寄り添い、そして忘れない」ということ以外ではあり得なかった。その寄り添い方が共時的にあらわれたのが被災地慰問であり、通時的にあらわれたのが、国内外の戦跡慰霊の旅であったと、私は思うのである。

なぜ〈象徴〉にこだわりつづけるのか

平成の天皇は、多くのお言葉のなかで、あるいは挨拶のなかで、自らを〈象徴〉としての存在であると位置づけてから話を展開されることがきわめて多かった。平成三十一年に挙行された「天皇陛下御在位三十年記念式典」におけるお言葉でも、

天皇として即位して以来今日《こんにち》まで、日々国の安寧と人々の幸せを祈り、象徴としていかにあるべきかを考えつつ過ごしてきました。しかし憲法で定められた象徴としての天皇像を模索する道は果てしなく遠く、これから先、私を継いでいく人たちが、次の時代、更に次の時代と象徴のあるべき姿を求め、先立つこの時代の象徴像を補い続けていってくれることを願っています。

と述べられ、「憲法で定められた象徴としての天皇像を模索する道」がいかに大切でたいへんかに言及されている。

「なぜ」それほどまでに〈象徴〉にこだわるのか。それが憲法に規定されているから、というだけでは真実の思いに迫ることにはならないだろう。私は天皇陛下の歌を読み、かつ多くのお言葉を読みつつ、この「なぜ」が頭を離れることがなかった。

いま私の考えるところは、次のような仮説である。

平成の天皇ご自身は、天皇という地位、あるいは立場を、「危うい」ものと感じて来られ

たのではないだろうか。「危うい」とは、どのようにも利用されうる存在であるという認識である。父君である昭和天皇を、肉親として見るとともに、歴史の中に位置づけながら見てこられたはずだ。

その検証のなかで、昭和天皇が国の「元首」であったがために、一部の軍部などによって、その権力を利用されたという思いは強かったであろう。私自身は、先の大戦において、昭和天皇にいっさいの責任は無かったと思うものではないが、いっぽうで絶大な権力を付与された存在は、その権力ゆえに、個人の精いっぱいの抵抗を超えたところで、さまざまな勢力によって利用されるという危険性を常に持っていることも事実である。

先の大戦と、戦後の父帝の一部始終を見てこられた平成の天皇にとって、自らの地位が大きな権力を併せ持った「元首」であるならば、いつなんどき、昭和天皇と同じ轍《てつ》を踏むことになるかもしれないという思いも強く持たれたであろう。自らがどれほど公正であろうとしても、どれほど国民の側に立とうとしても、四方八方からすり寄ってきて、その権力を利用しようとする勢力を完全に退けることは不可能と言ってもいい。否応なくそれらに利用される場合も、知らぬうちに国民の利益と幸福、平和に背馳《はいち》する趨勢《すうせい》に与《くみ》しているという場合もありうるはずであり、事実、歴史的にはあったのである。

そんな危険性を完全に排除するためには、いっさいの権力を持たない〈象徴〉に徹する以外はない。平成の天皇が、これほどまでに〈象徴〉であることにこだわって来られたのは、そのような強い警戒感からであったのではないかというのが、私の辿りついた結論である。権力が個人に集中してしまう構造そのものへの危惧《きぐ》であったのではないかと思うのである。

平成の天皇が一貫して模索してこられた〈象徴〉像については、多くの人の知るところである。しかし、翻って、なぜこれほどまでに〈象徴〉を意識し、こだわって来られたのかは、一般にあまり意識されて来なかったのではないか。私には、この「なぜ」を問うことこそが、平成の天皇の真の姿に迫るための手がかりであるように思われるのである。

幸福な家庭像

私は本書を書くにあたって、両陛下のお歌を、四つのカテゴリーに分けて考えてきたように思う。そのうちの二つが、被災地への慰問と戦跡への慰霊の旅であった。残りの二つに、家族と相聞がある。

明仁皇太子が、初めて民間から美智子さまという伴侶を迎えられたことは、皇室と国民という視点からは、大きな意味を持っていたはずである。それはひと言で言ってしまえば、皇室を特別なものではなく、自分たちと地続きの存在として感じることができるようになったということであった。

皇太子皇太子妃時代から、「皇太子ご一家」という呼び方で、三人のお子さまがたとともに、「ご一家」の日常は日本全国津々浦々のお茶の間に浸透していった。折しも高度経済成長のまっただなかにあった日本。その日本のひとつの家庭、幼い三人の子どもたちを自分たちの手で養育している「皇太子ご一家」は、新生日本の新しい像を思わせる憧れの家庭像として、国民に可視化されていった。今日風の言い方をすれば、一種のアイドル的な存在として、老若男女を問わず、受け入れられていったと言ってもいいだろうか。

幸せを絵に描いたようなこの小さな家庭像は、戦争の壊滅的な痛手から立ち直り、これからの明るい未来を予見させるような希望としても意識されていただろう。皇室と国民との距離感を縮めるのに、そして「開かれた皇室」というイメージの定着に、「皇太子ご一家」の映像は、なにより大きな働きをしたということができる。

そのような幸福な家庭像が、美智子妃との話し合いのなかで構築されていったことは想像に難くない。皇太子殿下は、幼いときから実父母の手を離れて養育され、寂しい幼年時代を過ごされたはずである。その寂しさは、美智子さまとの婚約が内定した昭和三十三（一九五八）年に詠《よ》まれた次の一首に、なによりも雄弁に述懐されている。

語らひを重ねゆきつつ気がつきぬわれのこころに開きたる窓

婚約に至るまでの時間、皇太子殿下は、美智子さまに率直に胸のうちを打ち明けられたはずである。その過程で、はじめて「われのこころに開きたる窓」に気がついたのである。それを逆に言えば、それまでは、自らのうちをさらけ出すように素直になれる存在が、身のまわりにいなかったということに他ならなかった。「こころの窓」は閉ざされたままであり、それを自らの立場からはやむを得ぬ当然のこととして受け入れて来られたのが、皇太子としての二十数年という時間であったのだろう。

相聞歌の多さ——互いへの信頼と愛

そんななかで出会われたお二人は、その後、互いに理解し、信頼し、歩みを進めて来られた。なにより美智子さまは、皇太子としての、そして天皇となられてからは天皇としての責務を果たされていくうえで、陛下にとって欠かせない存在となられた。お二人が強い信頼感で結ばれていることは、お二人のさまざまの場でのお言葉にあらわれているが、本書でもふれたとおり、何より退位を控えた天皇としての最後の誕生日会見に臨まれたときの、美智子さまへの感謝の思いを率直に、熱く語られた言葉は、聞く者すべての胸を強く衝《う》つものであった。

明年四月に結婚六十年を迎えます。結婚以来皇后は、常に私と歩みを共にし、私の考えを理解し、私の立場と務めを支えてきてくれました。また、昭和天皇を始め私とつながる人々を大切にし、愛情深く三人の子供を育てました。振り返れば、私は成年皇族として人生の旅を歩み始めて程なく、現在の皇后と出会い、深い信頼の下、同伴を求め、爾《じ》来《らい》この伴侶と共に、これまでの旅を続けてきました。天皇としての旅を終えようとしている今、私はこれまで、象徴としての私の立場を受け入れ、私を支え続けてくれた多くの国民に衷心より感謝するとともに、自らも国民の一人であった皇后が、私の人生の旅に加わり、六十年という長い年月、皇室と国民の双方への献身を、真心を持って果たしてきたことを、心から労《ねぎら》いたく思います。

平成三十年十二月二十日

私は、これほどまでに一人の男性が、その伴侶への思いを率直に語り得るものかと、改めて感動したのを覚えている。私は、天皇という存在は、その人間性をも含めて〈象徴〉だと考えたいと思う者だが、まことにこのような、その妻への率直な言葉を持っておられる方を〈象徴〉として持つことのできる喜びを強く感じたのであった。

そのような二人が、互いを思う心を相聞歌として歌に詠むのは当然とも言えよう。私は歴代の皇室の歴史のなかで、これほど互いに相聞歌を交しあった天皇皇后は、これまでになかったのではないかと思っている。

それらのうち、微笑《ほほえ》ましいはずの相聞の想いがもっとも切なく響くことになった、平成三十一年歌会始における美智子さまの御歌《みうた》を改めて紹介しておきたい。

今しばし生きなむと思ふ寂光に園《その》の薔薇《さうび》のみな美しく

結婚以来、さまざまな公務はもとより、三人のお子さまと一緒の皇太子ご一家、そして孫をも含めた天皇ご一家として、常に公の視線にさらされてきたのが、天皇皇后の六十年であった。そんななかで、陛下の譲位により、ようやくこれからは二人だけの生活が待っている。まさに、待ちに待った「ようやく二人だけの」という生活であっただろう。そんな生活が現実のものとなろうとしているとき、ふと思うと、残された二人だけの夢に見た生活は「今しばし」の短いものなのかも知れないという思いが、美智子さまの頭をよぎったのである。なんという切ない歌であろうかと、思う。

しかし、その「今しばし」を「生きなむと思ふ」という強い表現には、ある種の「決意」のようなものが感じられないだろうか。ひょっとしたら「今しばし」かも知れない。しかし、たとえ「今しばし」であっても、二人だけで過ごすことができる時間を、それでも精一杯《せいいっぱい》生きていこう、これまで二人だけで過ごすことができなかった分も楽しんで生きていこうという決意のような思いがくっきりと感じられる。

私たちは、これまで両陛下が「全身全霊」をかけて〈象徴〉としての公務を続けてこられたことを知っている。そんな両陛下が、〈象徴〉としての最後の歌として、一方は被災地の人々を決して忘れないというメッセージを、そしていま一方は、結婚以来六十年、初めて訪れる二人だけの生活への期待をそれぞれ詠まれたということは、両陛下にとって、歌を詠むということがいかに自らの思いを伝えるのに大切であるかを、おのずから浮かび上がらせるものともなっていよう。

本書は、両陛下が平成という時代のなかで詠まれた数々の歌を、時代との関わりのなかで論じようとしたものである。両陛下の御製御歌にこめられている深い思いを読み取っていただけたのではないかと思う。〈象徴〉としてだけでなく、一人の人間としての両陛下の真実の声を、その歌の中から心静かに聞き取っていただければ、本書の意味はそれだけで十分というべきであろう。

あとがき

平成三十（二〇一八）年一月から平成三十一年三月まで、共同通信社の企画で、「象徴のうた――平成という時代」なる連載を行った。初めの予定を越えて、全六十三回にわたったこの連載は、全国三十の地方紙に原則、週一回掲載されたはずである。

この企画を持ちこんだのは、共同通信社の記者小山鉄郎氏であった。彼とは昭和六十二（一九八七）年から三年間にわたって、共同通信の「短歌時評」を担当して以来の付き合いで、もう三十年以上の交友ということになるだろうか。週一回の大型連載を一年間続けるのは、ちょっと無理だろうと、最初は躊躇《ちゅうちょ》し、しばらく考えさせてほしいと言ったのを覚えている。結局、彼に押し切られたような形で始めた連載であったが、こうして一年余にわたる連載を終えて、正直、自分としては充実した時間を過ごすことができ、ある種の達成感をも感じている。

平成の終わりにあたり、多くの新聞や雑誌で天皇皇后両陛下の歩み、事績について特集され、また写真集や単行本も多く出版されてきた。天皇皇后としての個々の活動、公務、そしてそれらの持つ社会的な意味や意義などについては、多くの記録や報道の語るところである。しかし、両陛下がどのようなお気持ちでそれら多くの公務や私的なお仕事をこなされ、どのように国民に寄り添おうとしてこられたのか、そのお気持ちのもっとも大切な部分は、じつはお二人のお歌、短歌のなかにこそ籠められていると言っても過言ではない。

平成の時代に殊に多かった自然災害における被災地の訪問、また先の戦争の犠牲になった人々への慰霊の旅、それらを通じて、両陛下ははじめて〈象徴〉としての意味を確立されてきた。そのような〈象徴〉としての歩みはまた、両陛下のお歌を見ることによってこそ、その本来の意味をあきらかにしてくれるものではないか。連載を始めるにあたって、両陛下のお歌をつぶさに読み直す過程で、そのような私の漠然とした思いが確信へと変わっていくのに、時間はかからなかった。

連載を終えたいま思い返せば、書くという作業自体はまったく苦痛ではなかった。歌はなにより雄弁に書き手を導いてくれるものである。ただ連載の期間を通じて、私にとってのもっとも大きな苦痛、そして苦労は、文字数の制限から、毎回、書いた分の三分の一ほどは削らなければならなかったということである。どうしてもこれだけは書かねばと書いたものから、数十行を削る作業は、陳腐な表現ながら身を切るような辛い作業であった。

しかし、長期にわたる毎週の連載をなんとか続けられたのは、まさに小山鉄郎氏の叱咤《しった》と励ましがあったからである。途中からはまさに二人三脚、奇妙な連帯感が快かった。特に私の書いたことの事実確認には、小山氏と共同通信の宮内庁担当記者新堀浩朗氏の助けが大きかった。しっかりした事実確認があるということを前提にして、両陛下の歌の内面への遡行が安心して行えるものになったと実感として思う。


行数制限から書けなかったことは多いが、なかであまりに個人的なことことして書くのを控えていた思い出を、ひとつだけここに書き記すことをお許しいただきたい。

私の妻、河野裕子は平成二十一（二〇〇九）年と同二十二年の二年間、歌会始の選者を務めた。はじめて夫婦が同時に選者ということになったが、実は選者が決まった平成二十年、河野には乳がんの再発が見つかったのであった。苦しい抗がん剤治療に耐えながら、河野は最後まで選者の務めをまっとうした。彼女は平成二十二年の八月に亡くなったのだが、その年の歌会始では河野の歌が選者代表として披講《ひこう》されることになった。

私は席が横であったが、すでにほとんどものが食べられなくなっていた河野が、立ったまま披講を聞いていられるだろうかと、それだけを心配し、いざとなれば横から支えるつもりでいたのであった。しかし、河野はしっかり立ち、しっかり前を向いて自らの歌の披講を静かに聞いていた。
安心したのは私だけではなかったようで、その年の美智子さまの誕生日、恒例の記者への回答文では、河野のことにも触れていただいており、次のように記されている。

河野さんの和歌は、歌壇の枠を越え、広く人々に読まれ、愛されていたと思います。すでに闘病中であったにもかかわらず、今年の歌会始で、ご自分の歌が披講されているあいだ凜として立っておられた姿を今も思い出します。

皇后さまも心配しつつ見ていていただいたのかと思うと、胸が熱くなるのである。
皇后さまからは、その年、二度にわたってスープをお届けいただき、ご心配とご配慮が心に沁みたのであった。一度はその年の歌会始の前日、ホテルにお届けいただき、何も食べられなかった河野ではあったが、そのスープはおいしくいただくことができた。二度目は、その年の初夏であったと思うが、皇后さまのスープを、今度は侍従長川島裕氏が、京都まで新幹線で直接お持ちくださった。感激した河野は、その折の歌を作ったが、その歌が短歌誌「塔」に掲載されたときには、彼女はもうこの世の人ではなくなっていた。

皇后さまよりお見舞いのスープと御伝言届く

『葦舟』と『母系』に触るる箇所もあり御伝言聞きつつスープを啜る

ふた匙なりとも御言葉の通りやつとふた匙を啜り終へたり

お手づから託したまひしこのスープふた匙やつとを身に沁みてやつと

河野裕子『蟬声』（遺歌集）

「河野裕子を偲ぶ会」が開かれたのはその年の十月十七日、京都宝ヶ池《たからがいけ》のホテルであった。収容人数ぎりぎりの千百名もの方々に参列いただいたのだが、その偲ぶ会には、天皇皇后両陛下からお花を賜り、皇后さまからはさらに弔歌を賜った。

いち人《にん》の大き不在か俳壇に歌壇に河野裕子しのぶ歌

皇后（平成二十二年）

二年という短いあいだの選者であり、河野が直接お目にかかったのは三度ほどではあったが、両陛下からのこのような細やかなお心づかいをいただいたのはまことにありがたいことであった。実はそんな心のこもった配慮が、河野だけではなく多くの人々に向けられていたことを、本連載で確認できたこともうれしいことであった。

本連載が文藝春秋から刊行されることも私にはうれしいことである。同社からは、文春文庫として私と河野との共著がすでに三冊出ている。出会いから死による別れまでの、二人の相聞歌を集めた『たとへば君』、二人の最後の連載となった『京都うた紀行』、そして河野と永田淳、紅、淳の連れ合いの植田裕子を含めた私たち家族五人によるエッセイ集『家族の歌』である。本書の出版に際しては、田中光子さんに細部までお世話になった。改めてお礼を申し上げたい。

ひとりでも多くの読者に、両陛下の歌に触れていただき、これらの歌に託された深い思いを感じとっていただきたいものと願っている。

平成三十一年四月

永田和宏

本書は二〇一九年六月に文藝春秋から刊行された
『象徴のうた』を加筆修正の上、新書化したものです。

永田和宏（ながた・かずひろ）
1947年、滋賀県生まれ。京都大学名誉教授、京都産業大学名誉教授、JT生命誌研究館館長。京都大学理学部物理学科卒業。アメリカ国立癌研究所客員准教授、京都大学再生医科学研究所教授、京都産業大学総合生命科学部教授・学部長、日本細胞生物学会会長などを歴任。2017年ハンス・ノイラート科学賞受賞。歌人としても活躍し、読売文学賞、迢空賞ほか多数受賞。宮中歌会始詠進歌選者、朝日歌壇選者などもつとめる。09年紫綬褒章受章。著書『歌に私は泣くだらう　妻・河野裕子 闘病の十年』（新潮社）で第29回講談社エッセイ賞受賞。ほかの著書に『知の体力』（新潮新書）、『基礎研究者　真理を探究する生き方』（大隅良典氏との共著、角川新書）など多数。

象徴《しょうちょう》のうた

永田《ながた》和宏《かずひろ》

2024年 11月 10日　初版発行

発行者　山下直久
発　行　株式会社KADOKAWA
〒102-8177　東京都千代田区富士見2-13-3
電話　0570-002-301（ナビダイヤル）
装 丁 者　緒方修一（ラーフイン・ワークショップ）
ロゴデザイン　good design company
オビデザイン　Zapp!　白金正之
印 刷 所　株式会社暁印刷
製 本 所　本間製本株式会社

角川新書

ISBN978-4-04-082530-4 C0292

KADOKAWAの新書 好評既刊

〈新訳〉ジョニーは戦場へ行った

ダルトン・トランボ
波多野理彩子（訳）

『ローマの休日』『スパルタカス』……歴史的名作を生んだ脚本家、トランボ。彼が第二次世界大戦中に発表し、反戦小説として波紋を呼んだ問題作、待望の新訳！　感覚を失った青年・ジョーが闘争の果てに見つけた希望とは？　解説・都甲幸治

「教える」ということ
日本を救う、［尖った人］を増やすには

出口治明

何をどう後輩たちに継承するべきか。「教える」ことの本質と課題を多角的に考察。企業の創業者、大学学長という立場から考え続け、実践してきた著者の結論を示す。各界専門家（久野信之氏、岡ノ谷一夫氏、松岡亮二氏）との対談も収録。

無支配の哲学
権力の脱構成

栗原　康

〝自由で民主的な社会〟であるはずなのに、なぜまったく自由を感じられないのか？　この不快な状況を打破する鍵がアナキズムだ。これは「支配されない状態」を目指す考えである。現代社会の数々の「前提」をアナキズム研究者が打ち砕く。

二〇三高地
旅順攻囲戦と乃木希典の決断

長南政義

日露戦争最大の激戦「旅順攻囲戦」。日本軍は、なぜ失敗を繰り返しながらも、二〇三高地を奪取し、勝利できたのか。そのカギは、戦術の刷新にあった。未公開史料を含む、日記や電報、回顧録などから、気鋭の戦史学者が徹底検証する。

太陽の脅威と人類の未来

柴田一成

静かに見える宇宙が、実は驚くほど動的であることがわかってきた。たとえば太陽フレアでは、水素爆弾10万個超のエネルギーが放出され、1・5億㎞離れた地球にも甚大な影響を及ぼす。太陽研究の第一人者が最新の宇宙の姿を紹介する。